小说家的散文

弋　舟　著

# 无论那是盛宴
# 还是残局

河南文艺出版社

·郑州·

**作者简介**

弋舟，作家，1972年生于西安。主要作品有：长篇小说《跛足之年》《蝌蚪》《我们的踟蹰》等，小说集《出警》《刘晓东》《丙申故事集》《丁酉故事集》等，长篇非虚构作品《空巢：我在这世上太孤独》，随笔集《从清晨到日暮》《犹在缸中》等。曾获鲁迅文学奖、郁达夫小说奖、首届茅盾文学新人奖等多种奖项。

# 目录

辑三　余烬·春风

悬空的隐喻与深情的人间

辑一　地平线·航标

# 异乡笔记

候鸟在大地上自由来去,为的是适宜的温度和丰美的水草。我们在大地上迁移,为的是什么? 我们被什么所吸引,从此地到彼地,奔走不息?

## 城市地图

兰州,一个被山挟持、被河贯穿的狭长城市,长到可以用火车沿着东西走向搬家。当我从那个还残存着横平竖直的帝王气象的城市来到它的面前时,曾经不可避免地失去方向感。我已经习惯了一种确定方向的办法——找到一个中心,譬如钟楼,以此类推,东大街,西大街,南大街,北大街,所有的方向便由此而来。那是西安,被自己称作故乡的地方。这里是兰州,一个被自己称作异乡的地方。它几乎是没有中心的,街道几乎全部是由周边的一些地名来命名:天水路,张掖路,皋兰路,白银路……没有任何指涉,对于一个闯入者和寄宿者,不提供丝毫的指引式的提示,只是让一切更加陌生,以地理的名义提醒你:你,只是混迹于这座城市群众中的一个赝品,你被先天地拒绝。于是,一个已经习惯了从中心出发的人,习惯了被预先告知了东西南北的人,需要学习另外一套识别方向的技巧。

具有意味的是,我的学习是从山与水开始的。它们形成了这座城市的参照物,明确了它们,就明确了南北,由此,便也有了东西。兰州,一条大河波浪宽,我家就在河这边;那最高的山头,挡住了浩荡的风,也将粉尘和废气留在了自己的头顶,经年不散,成为一顶阔气的帽子。山与水就是这座城市最大的罗盘,无关阴阳,却永远让你找得到北。

内心的语言为之丰富,比如一些街道的名称,就有了另外的含义:甘南路,它与"南"无关,它代表了云集的酒吧,边远城市的夜生活景观,直至代表了酒,代表了勉强的现代性,甚至胃痛与头晕;盘旋路,它永远不是一个具体的盘旋姿态,它意味着一个叫作"纸中城邦"的书店,我从这里补齐了三岛由纪夫,并重新开始迷恋一些东西;秦安路,是工作室,七楼,传真机,几天就需要清理出去的来自四面八方的杂志,物质生活差强人意的通行证;五一山,哦,是山,虽然它只具备了山的称号,但毕竟是山啊,是山,就可以俯瞰,漫步,晒太阳和攀登了;香榭丽,无涉罗浮宫,这个被称为家

4

的地方,原来一场迁移,就是为了把自己托放在这个角落,让这里成为所有幸福或者悬念的源泉……

西安的道路是周而复始的,像所有曾经的帝王版图,如今都可以被立交桥和高速路环绕起来,并且似乎可以无限度地扩张,像一张韧性良好的煎饼。而兰州的道路,是单向的,它没有回旋的余地,地理意义上的格局已经决定了它只能笔直地前进或者后退。这使驾驶有了另外的快乐,开车行驶在漫长的滨河路上,你可以不考虑拐弯,无端就是一种一条道走到黑的心情,是一往无前和九死不悔的意思。这个城市通过道路来同化我,以山和水的名义让我几乎相信自己就是一个兰州人。

## 语言

在他乡,你可以把自己外来者的身份掩藏得天衣无缝,但是一开口,语言就会使你暴露——你无法发出和他们一致的腔调,无法用他们习惯的方言去正确地表达,无法成为一个潜伏着的"余则成"。我曾尝试过用兰州话对自己爱着的人去说"爱",结果是充满了滑稽的味道,这并不说明兰州话的发音具有滑稽性,是它被一个外来者刻意地去模仿后,就失去了严肃。于是,当我与人交流时,只能使用娴熟标准的普通话,并且越来越娴熟与标准。我与之交流的人包括:摊贩,服务生,上门收取水电费的物业人员,还有,我的兰州妻子。我娴熟并标准的普通话,令我开口说话时丧失了部分的朴素与诚恳。可是,我是多么愿意朴素与诚恳。

这里说的语言当然是物理意义上的,是语言的形式,但是,有多少内容已经被它决定。如果你不下定决心,用学习一门外语的刻苦程度来纠正它,那么你将有可能永远被定义为这个城市的寄宿者。在一些时候,我和一些志同道合者相互安慰,我们之间的安慰使用的是另外的一套语言,虽然混杂着各种口音,但彼此却听得明白。这个时候,我们是津津乐道和津津有味的。可是转眼间,我就会变得沉默,因为第二天的清晨,我就需要用标准的普通话来购买一碗牛肉面,当拉面的师傅用地地道道的兰州话问一声"宽地洗地?"(宽的还是细的?)时,我就会在一瞬间失语。我知道,这个时候,我标准的普通话是不恰当的,我与志同道合者们交流的语言也是无效的。

在热气腾腾的生活面前,一个外来者,总是被阻止住。

其实,生活在一个地方,你只要熟悉几个关键的词语,比如:流水线,打卡,职位抑或生计……被这些具体的术语概括住,就是一个具体的生活。但是,当我们需要描述这些具体的生活所带来的具体的欢乐与痛楚时,往往找不到恰当的发音。由此,我反复书写着的这座城市,都被我冠以了"兰城"。它是兰州吗?一定不是,我无力用现代汉语的书面语言来指认兰州,只能在微妙的命名上,给自己一个杜撰与虚构的勇气。

身在异乡,我最大的愿望是,有一天,学会用这座城市的方言在心里朗诵亨利·米勒的句子:

> 生在那条街上,意味着你一生游荡,自由自在,也意味着意外与偶然、戏剧性及运动。一种不相关事实的协调一致,赋予你的游荡一种形而上的确定性。在那条街上,你懂得了人类究竟是什么;而不在那条街上,或离开那条街之后,你就虚构他们。凡不在那条大街上的东西,便都是虚假的、派生的,也就是说,是文学……

如果这太烦琐,或者太荒诞,我就去努力学会用伟人的语式说出:这座城市是你们的,也是我们的,但归根结底,它是属于你们的。


## 目　的


国庆节,我的脸在一场事故中受了伤,于是令自己的面孔无法和节日协调起来。长假中的一天,我站在兰州的中央广场上等待一个朋友。周围的气氛当然是喜气洋洋的,因为地点是甘肃省人民政府的所在地,因为时间是国庆节。作为人物的我,戴着一副墨镜掩盖着伤情。事件是这样的:一个学生模样的男孩子埋头坐在路边,面前一张摊开的报纸上写着——

我没有找到工作，回不去了，我很饿。

这段话太平静了，似乎只是陈述了一个简单的事实，但我只在一瞥之间，眼泪就从墨镜后流了出来。一个于我而言的"事件"，便在这一瞬间发生。

他是为了寻找工作而来到了这里。我呢？我是为了什么来到了这里？那个曾经真理一样无欺的理由，如今只能勉强说出——是的，我是为了爱情。他没有找到工作。那么我呢？是否找到了爱情？我惊悸于此时此刻自己内心所产生的怀疑：是什么令自己在数年之后，已经成为那个梦中女孩子的丈夫时，却对当初的目的羞于启齿，并且对如今的结果也不能够确定。是的，我惊悸，惊悸于生活的狼藉和人在这狼藉的面前信心的丧失，惊悸于生活对梦想的磨损，以及信心丧失的这一瞬所囊括的生命的全部秘密。数年前的那个九月，先于我抵达这座城市的，是被火车托运而来的书籍、画具、打口碟，还有我憧憬着的爱情，那是一个青年所有的家当。如今，我在这座城市成了一个女人的丈夫和一个男孩的父亲，他们成为我身份的最基本注解。我也回不去了，我们都再也回不去了，我们谁都无法回避走向异乡，为了我们心中这样或者那样的目的。我们身在异乡，在时时袭来的沮丧面前，唯一可做的，也许只是让当初鼓舞自己的那个目的，无限地在心头闪回和延续，告诉自己，这所有的曲折，都是我们因为那样一个目的所做出的选择。我们被一个目的吸引而去，这样一个姿态的全部秘密在于：我们对生命充满了希望。那么，绝对不要丧失希望吧，尽管这条路上布满了舍弃、挫败、拒绝和令人心悸的"很饿"。

我鼓了很大的勇气，才在男孩子的面前放上了一些钱。我需要与之斗争的是，自己心里的那一份矫情以及虚弱的无力。我想对他、也对自己说：我们还要继续。

候鸟飞翔时，从不区分故乡与他乡，天空与大地是它们的家，也是它们的旅途。那么，在一只候鸟的语言里，这篇文章的题目，就是虚构的。

2006 年 5 月 20 日

# 别碰我，我已经两天没洗澡了

君特·格拉斯当年自曝曾效力党卫军，世界文坛一片哀叹，有作家直言，格拉斯的忏悔来得"有点晚了"，标志着"一个道德权威的终结"。另一位有着同样道德地位的大师米兰·昆德拉亦曾被摆在了道德的审判席上——他被指曾向当局告密，导致同学获刑二十二年。和格拉斯的坦白不同，昆德拉否认了这一指控，称这是学院和周刊对"作者的谋杀"。

兹事体大，深谙虚无与荒谬的昆德拉，写下过"不可承受之轻"的昆德拉，这回严格地区别了孰轻孰重。对于他这个级别的人物，"黄赌毒"不是污点，古怪暴戾也不是污点，写得差了点，可能也都不会被算成污点，而牵扯上与极权合作构陷无辜，就是"谋杀"性质的大是大非了。由此，马尔克斯、帕慕克、戈迪默和库切，以及罗斯、拉什迪、达尼埃尔、戈伊蒂索洛和富恩特斯等，四位诺贝尔文学奖得主与十一位世界级作家，联合发表声明，抗议捷克媒体。这份声援,不啻于授给了数度与诺奖擦肩而过的昆德拉一份别样意义上的褒赏,而且评奖团阵容豪华,盖过了瑞典文学院的那群老先生。

几年前有部电影《窃听风暴》,获了奥斯卡最佳外语片奖。讲的是东德,大约上世纪 80 年代,一段虚构的柏林墙倒塌前的故事。影片充斥着一些我们并不陌生的术语和政治逻辑。相对于片子以整个冷战时期为背景的内在叙事野心,它并没有表现出那种必要的恢宏,让人感觉不过是在讲一个集权小工厂里的斗争。在我看来,影片中那位政府的部长,也就是我们车间主任的派头。这部片子失分的关键,还在于那位男主人公,他的角色是位诗人,但他显然缺乏诗人的气质。看片子的时候,因为路数基本相同,我不由得总拿另一位现实中的人物来与之替换,那就是米兰·昆德拉。尽管已经年逾八旬,但昆德拉总给人一种中年大师的感觉,风度翩翩,俨然一位荧幕上的漂亮人物,所以用他来混淆片子中扮相平平的那位诗人,是最恰当不过的了。整部片子令我着迷的是,画面中的东德人民似乎过得还不错:整洁并且宽敞的房间,有烛台,有壁炉,有油画,并且当然还有洗澡间;体面的装束,大衣,长裙,质地优良的围巾;优雅的舞台;还算不错的公园……尤其是,似乎人人都彬彬有礼。审问是彬彬有礼的(当然也是种残酷),反驳是彬彬有礼的(完全跟大义凛然无关)。整部片子里几乎没有争吵,即使妻子明目张胆地背叛了丈夫,即使影片一目了然地是在表达沉痛的挣扎。最令人惊讶的是,漂亮的女主人公(她像我认识的某位女诗人)被释放回来后,面对蠢蠢欲动的诗人丈夫,神色平静,按兵不动地说:"别碰我,我已经两天没洗澡了。"这句话在我听来,有力极了。她在这里拒绝的那个"动",可能是指向肉体的亲昵,也可能是指向一通老拳,更可能是指向对于她个人肉体乃至精神的侵扰。总之,对于此刻的她而言,都是一种不愿接受的暴力。对此,她表示拒绝,即便此时的"动",在我们看来,天经地义,算是件抚慰身心、抒发情感的好事。而她,天经地义,给出的理由何其充分——我已经两天没洗澡了。

处理这种冲突,我们更习惯的文艺场景,或者是——遭难而归,于是不分青红皂白地"动"起来,以此彰显遭难的残酷与"人性的激昂"。

可偏偏东德妇女没这么做。

这部电影我打七十分,而这七十分,完全来自"教养"这两个字,这部片子是以它的教养打动了我,以"我已经两天没洗澡了"这个口实打动了我。电影里面那个特工的样子同样着实令人喜爱,完全不同于我们文艺作品中专政机关的铁血人物形象,非但不高大威猛,相反,还有点羞涩脆弱。片子看完唯一的感触是:如果避免不了对于自己肉体乃至精神的侵扰,那就让我们期待面临的是一种有教养的侵扰吧。譬如,如果哪一天我的生活被人破门而入,那么我唯一祈求的将是,门外的大汉们能够以一种相对温和的口吻对我说:请你——让我们搜查。如果我还可以拒绝,最好让我用如此的理由就能说服他们——别碰我,我已经两天没洗澡了。

回到昆德拉面临的指控,我不禁眼热,无论如何,他遭遇的,不过是这样的一种语言风格:捷克媒体如是批评——昆德拉"是位好作家,但是我对他的人性不抱幻想"。而旅居法国的昆德拉,罕见地打破不接受媒体采访的习惯,开口澄清道:"我的记忆不会欺骗我,我从来没有替秘密警察干过活。"他的这个回答同样令人羡慕,语式和逻辑与电影中那句"我已经两天没洗澡了"如出一辙。他说"我的记忆不会欺骗我",这个理由实在是太体面了。不是吗?不大像我们动辄扯上生殖系统的唇枪舌剑。于是,大师团的声援也显得派头十足,他们严肃地声明——正在进行的诽谤行动意在败坏米兰·昆德拉的声望。

那么,亲爱的们,我们做到天天洗澡了吗?

2013 年 12 月 19 日

# 紫色激情的顶点

有这么个水手，他正在街上走的时候遇见一位涂口红的女士。女士对他说："你知道紫色激情的顶点是什么吗?"水手说："不知道。"女士说："你想知道吗?"水手说："想。"于是女士让水手五点整上她家去。水手去了，他按响门铃，屋里的鸟儿从四面八方飞了出来。它们绕着屋子飞了三圈，然后门开了，它们又都飞了进去。涂口红的女士来了。她说："你还想知道紫色激情的顶点是什么吗?"水手说想知道。于是女士让他去洗个澡，把身上弄得干干净净的。他去了，跑回来的时候踩在肥皂上滑了一跤，把脖子摔断了。这就是故事的结局。他到最后也没弄明白那个是什么。我的朋友爱丽丝跟我讲了这个故事，是她认识的一个人亲身经历的。

——不错，这就是一个小故事，全文照搬自《安吉拉·卡特的精怪故事集》。

先来说故事。

大家从来对于未知的一切保有好奇，并且趋利避害，从来在好奇之中怀有赌徒般的侥幸，那就是——我们愿意相信，所有未知的背面，都藏着属于我们的好运气。这没什么好说的，也无可指责，就好比当一位涂口红的女士劈面塞给你一个美妙的问题，谁都会蠢蠢欲动一番。涂口红女士的问题，更像是个诱人的憧憬，它用"紫色""激情""顶点"连缀而成，递进着诱惑你，不免要惹得你心痒难忍。于是，我们上路了，准时叩响那扇神秘之门。我们看到了出来又进去的鸟儿，它们有"四面八方"那样的规模。不是吗，这已经有了点"紫色激情"的意思。但这能算得上是"顶点"了吗？——好像，嗯，还差着点意思。想要"登顶"吗？那就得费点周折了，你得"把身上弄得干干净净的"。这也没什么好说的，想要知道"紫色激情的顶点"，可不就是得有些前提条件嘛！回去洗洗再来吧。我们是得有多急迫，遵嘱弄干净了自己，跑着又来了。这一跑不得了，最后就弄出了故事的结局。与其说那位涂口红的女士跟我们开了个玩笑，毋宁说是上帝指派她来变了个魔术，只不过，这个魔术有点变态，玩笑开大了。

读到这个故事的时候，电视上正在播放跨年演唱会的实况，屏幕一派沸腾的光影——实在很巧，那就是满眼炫目的紫色（为什么舞台上的热烈效果总是显得很紫？）。于是，怀着跨年的心情，我领受到了一份紫色的激情。可是这份紫色的激情，是否抵达了"顶点"，我就不敢保证了。

再来说说新年。

当上帝将绵延不绝的时光折叠成一个又一个的白昼，折过三百六十五下，再度不厌其烦地折叠一回时，我们谁都会重新对这周而复始的日子开始新一轮的惦记。这就好比牌局重开，人人都盘算着这回没准会抓上一手好牌；这也像那位故事里的水手，满怀热望地想要去探求紫色激情的顶点。同样，这些都没什么可说的——既然上帝每隔三百六十五天都会给我们一个貌似可以重新来过的机会，既然有一个紫色激情的顶点在不远的地方向我们招手。可说的是——既然是牌局，不确定性必然依旧存在；锣鼓重开之时，牌桌上的规矩还是森严如昔。懂得了这个，剩下的，才可以交给那位折叠日子的大能者。这么说好像有点消极。可我觉得做一个懂得上帝心意的牌手，你也许才上得了台面。他之所以给你一个又一个的新年，给你重开牌局，在我看来，就是在一次又一次地教会我们度日的规矩。这种教诲的次数说起来不是太多，也不是太少，粗略估计一下，不过百回。一般说来，在上帝的牌局中，没人会赢到底，也没人会输不完，旧日子赢了的，来年咱们戒骄戒躁；老时光输了的，新年咱们重整旗鼓。无论输赢，规矩都在那里。要知道，不按规矩出牌，没准咱们就成了故事的结局。

回到那个小故事。读到它的时候，跨年的气氛决定了我的心情,让我觉得这个有点变态的玩笑其实还蛮喜庆的。不是吗?蛊惑水手最终摔断了脖子的,是"紫色激情的顶点"这种玩意儿。这位仁兄由此变得挺招人喜爱,他不是为了"芝麻开门",不是跟在阿里巴巴屁股后面觊觎金银财宝的四十大盗,他所迷恋的,是一种迷人的、格调一般的旨趣。他一度看到了群鸟,紫色激情就在眼前,可以的话,我们还能说他"曾经那么接近幸福"。当然,这么说有些滑稽,但也庄严。我觉得他没什么问题。非要说有,那就是他的心急了点,在追寻幸福的道路上,跑起来了。这一跑不要紧,可能就坏了上帝的规矩,于是一块肥皂都能将他撂倒。寓教于乐的故事,就成了寓言。那么,这则寓言告诉我们:别急。当我们距离那个"顶点"不远的时候,先得看看脚下有没有肥皂。

我觉得这个故事在跨年之际被我读到,算是上帝给我的新年礼物。现在我也把它当作礼物送给大家。

新年伊始,你还想知道紫色激情的顶点是什么吗?

我还想。

牌已经重新洗过,干吗不再度兴致盎然呢?即便心怀着一点点赌徒般的侥幸;除去金银财宝,干吗不去对紫色激情的顶点保有好奇?

我想我在这新的牌局里,不过是要牢记——度日如年,台面上的规矩还是老规矩;新的日子里,如果当我有幸接近紫色激情的顶点,斯时,我得先看看手里的牌是不是藏着一块要命的肥皂。

开牌吧。新年快乐。

2014 年 1 月 2 日

# 有那么一年，我身在鲁院

本届高研班平均年龄四十三岁，这恰好是我的岁数。之所以首先想到这点，是因为我从来相信，岁月之于一个小说家，必定是最为根本的塑造力之一，我们的体格、气质、情感方式乃至运思向度，无不被它所决定。我岂敢妄称沧桑，但实际上写作经年，今天的自己，的确有了无从掩藏的疲态。于是，在这短促的几个月里，修养身心，便成为我重新走入鲁院的一个理由。

这么说，岂不是将鲁院视为了疗养院？当然不是。可我也不觉得我的这个诉求格外荒谬。出于顽固的对于词语的较真，我专门翻看词典，查找了"疗养"的定义，词典给出的答案是：治疗、休养以恢复健康或体力；病后逐步地复原体力和健康。它完全没有额外的歧义，无外乎：一、治疗调养；二、特指患有慢性病或身体衰弱的人，在特设的医疗机构里进行以休养为主的治疗。词典给出的答案令我松了口气，犹如此行被赋予了讲得过去的正当性，同时，就像一个求医者走向医治，我也有无端的伤感和莫名的盼望。

不错，我是一个病人，起码是一个"身体衰弱的人"，我渴望治疗，"恢复健康或体力"。我相信，谁都知道我说的不仅仅是自己的肉体。我的这种状况，当然更多的是指向精神，是我作为一个小说家如今阶段性的自我体认。我愿意如是陈述：我的写作亟待治疗、休养以恢复健康或体力，而鲁院，这所"特设的医疗机构"，在我最需要的时候，将我再次召回。我想，承认并说出这一切，可能需要一些勇气。

我常常会暗自羡慕那些始终雄心勃勃的同行，心情犹如一个举步维艰的人被置于了马拉松高手彪悍的队列之中。我不是害怕被落下，是实在难以领受自己魂魄的不矫健。可我知道我也无法甘愿置身文学的跑道之外，只去单纯地做一个欢呼者抑或看客。我只有勉力跋涉，以一种不惜透支甚至恶狠狠的赌徒的心态押上自己。先天的禀赋与后天的教养，于是都在四十三岁的时候，提前被挥霍，感到了力有不逮。重要的更在于，当我已经超额奔跑了一段路程后，却恍然发现，也许自己竟然跑了不少的弯路，最严峻的时刻，甚至是在背道而驰。

我在新集子的后记中写道：

如果上帝足够仁慈，我还想继续向他祈祷，请他让我在这本集子付梓以后的写作中，不怀有任何一种与小说艺术无关的奢望，从而让我不至于因为怀有了这样的妄念而蒙受羞耻。

这些说得出口的,只是我诸多病象中有限的表象。还有那些更加本质的、对于文学乃至生命本身的困惑,我无力坦陈,或者是羞于启齿。我的一位医生朋友告诉过我,患者们要么隐瞒、要么夸大自己的病症,自我陈述时很难做到客观与真实。那么,我的这个表述可信吗? 对此,我同样无力做出详实而又准确的坦白,我所能做到的,只是尽量诚实地面对自己身心的诸般表征。我不能保证我会彻底勇敢地剖析自己,但怀有这份盼望,有了一颗企图被医治的心,我想,或许便有了被搭救的可能。我不想倒在文学的跋涉之路上,无论精神与肉体。

那么,这一次,鲁院能否如我所愿,给我这样一个有效的疗养?

在这里,我开始跑步(尽管它更像是快一些的走路),从每次二十分钟开始,逐步向四十分钟的目标迈进;我开始严格按照健康的规律作息,终于可以安睡在黑夜里,黎明看到第一缕晨曦;我开始节食,食欲被控制的滋味,就像是自己重新得到了宝贵的管束……是的,这一切挺难的,因为它们都是针对着我习焉不察却冥顽不化的陋习。原谅我只能以这些身体的指数来比附我的鲁院生活,毕竟,这些事物最无异议,直观,并且容易被检验。然而,我知道我的精神与灵魂也在同步经历与蒙受着什么,我甚至可以听到它们由急渐缓的喘息与声律萌动的起伏。

是的,我的精神与灵魂也在跑步,也在力求健康的作息,也在节食,尽管步履笨拙、饥肠辘辘、气喘吁吁。在这里,我开始了有计划的阅读,安静地聆听耳边每一句值得聆听的话语,我在这个必然充满着殿堂气息的场域中,过着一种被强化了的、更易于心无旁骛和自律的精神生活,灵魂苏醒,开始柔软地体恤自己。

这一切刚刚开始,当然,这一切永无止息。前后两次来到鲁院,我计算了一下,自己差不多总共会在这里度过一年的光景。一年长吗?似乎短暂。然而,转念一想,它却是我至今生命中的四十三分之一。我竟然会被这个换算出的比例所打动,内心微感唏嘘。无论怎样,这四十三分之一已经镌刻在我个人有限的生命里,它对于我是有价值的,因为它迥异于我那些大部分粗糙的日子,更接近我心目中那种文学意义上的隐喻。在这样的时间段里,借助那种无须说明的氛围,我会难得地进行清醒的自我教育和自我怀疑,重新梳理自己精神的真实来历。我想,我会在一个又一个的艰窘时刻怀恋它,在一个又一个商兑未宁的时刻追忆——有那么一年,我身在鲁院……

这一次,我期待自己离开时,身心安宁,久违的想象力重新在得以修复的胸中升起,目光清澈,在洞察尘世之前,首先学会去洞察自己。我期待告别时刻,我能对着窗外的第一缕晨曦,上不欺星辰,下不欺鬼神地告诉自己:我现在是作家,我做的是自己毕生渴望的工作,不需要谁的批准,只要有可写的题材,有写作的技能,我就会一直写下去。

2015 年 10 月 5 日

# 草芥的旅程

结集出版自己的作品,之前总有些盲目和草率——没有一个内心清晰的廓定,就那么一股脑凑够一本书所需的字数了事。年岁渐长,明白了这么做要不得。这本集子的选定,就是这"明白了"后的结果。它依照写作的时序,收入了五部中篇小说,谈不上是"代表作",但也确乎在很大程度"代表"了我经年写作的心情。除此之外,这样的遴选,其实也没有其他确凿的理由了,不过是纯属私人的自我总结,敦促着我的,依然是一个小说家的职业感和尚未消减的写作的能力与虚构的热情。

中篇小说如今是我们文学语境中最受青睐的文体,重新翻检自己写下的这部分小说,突然就跟着也明白了"文学语境"的合理。原来,中篇小说,真的好像更有益于我们理解身处的这个世界是如何地"成了这般"与"只能这般"。它对人类生活的打探,比短篇更耐心,比长篇更节制,当得上"寓教于乐"这四个字。当小说家以中篇的方式忠诚地回到小说的伦理中,让每一个生命去解释自身的实相时,也好像真的更加有益于自己理解人之为人的难熬——耐心与节制,不就是我们那活着的边界吗?

敬泽先生赐言,谓我如鸟,"流畅地穿行于人类生活的幽暗与明亮,绝望与英勇"。这是飞翔的姿态,至少洞察了我写作的情绪。常态中的我,自感有如蝼蚁;工作时的我,自感有如草芥。这两者本无差别,但我顽固地觉得,草芥也许更有飘浮的姿态,也许一阵风,便能令其无远弗届,至少在假想中挣脱了沉重的拘囿与残酷的践踏。这当然是自欺,可小说家有时候就是这么依赖自我的蒙蔽。

当这本集子以写作的时间顺序编排下来后,我感到的是一种"春华秋实"、劳作者自力更生的踏实感。我想,它记录下的,就是这些年自己精神生活的轨迹,就是草芥被那阵风吹送着,穿行于"人类生活的幽暗与明亮,绝望与英勇"的旅程。为此,我再一次自我蒙蔽,认为自己也许挽回了什么,镌刻下了什么,对那个念兹在兹却永难谋面的"意义",有了即便是徒劳的、一个瞬间又一个瞬间的捕捉。

一如既往,在每一部我所重视的集子前,我都想要写下献词。《刘晓东》献给了我的母亲;《平行》献给了我的父亲;那么,这一部,我要献给我的姐姐。这也是一个小说家唯一能够给予亲人、给予这个世界、给予生命本身最诚恳的表达,它就是"活着"与

"道路"。

北京十月文艺出版社令人敬重。韩敬群先生,章德宁女士,江汀兄,令人温暖,在我看来,他们即是我们今天文学现场的一个象征——有人在真正勉力书写,有人在真正勉力呈现。不惮矫情地说,这样的"真正",都是朝向着文学。

愿我们都能幸运地被风吹起。

2016 年 7 月 15 日

本文系小说集《雪人为什么融化》后记

# 萎靡不振和干劲冲天

　　题目这句话,原句是"优者萎靡不振,劣者干劲冲天",语出博尔赫斯,具体的语境忘记了——他是在讽刺福克纳? 但的确是句漂亮的警句,与爱因斯坦那句"一个人能够洋洋得意地随着军乐队在四列纵队里行进,单凭这一点就足以使我对他鄙夷不屑。他所以长了一个大脑,只是出于误会,光是骨髓就可满足他的全部需要"一样,都曾经塑造过我的世界观。

　　这本集子收录的文字,前后基本是在一年内写下的。在这一年里,多蒙《湖南文学》抬爱,敦促我开了撰写读书随笔的专栏,于是只好开足马力,一期不落地干起来。干的过程充满着自我的动摇,有时甚或会自我厌弃。是格非先生的一句话令我将所"干"之事找到了一些干下去的理由,他对我说:"一部作品有几个人认同,似乎已经足够。但这几个人是谁其实无关紧要。"那么好吧,干劲冲天好像就不再显得那么令人难堪了。这部分文章,是这本集子的主体。至于附辑部分的那些对话，好像更有令人汗颜的理由——说是"扯闲篇儿"，也不能算是完全的自贬。于今此类"对话"已是一个作家的日常事务之一，大家说的越来越比干的多了。收进来的对话，已然经过取舍。事实上，这一年我大约跟人"扯"了两倍这样的内容。好在跟我"对扯"的，都是令我尊重的对象，从他们身上我受教良多，也的确廓清了一些自己的观念，并且有助于自己相对清晰地眺望前路。

于是，就有了这本集子。

一个小说家，如何分配读与写的比重，这本不是问题，有些经验的，都知道阅读何其重要。但读后所写下的，约定俗成，好像更应当兑现在具体的创作上，如果一年之间，居然写了十多万字"读后感"，似乎就有些不是那么好意思了。

好吧，除此而外，这一年我也有"务正业"的计划——写一本小说集。

两厢合并，真的就有点"干劲冲天"的意思了。

可是在情感上，我更愿意自己是一个"萎靡不振"者，不是自认为"优者"，是自己从禀赋到性情乃至到肉体，都不大能够负担起一个"干劲冲天"者的重荷。事情就是这么复杂，人就是这么拧巴——一个一百三十斤的人，在力图滚动三百一十斤的石头。不，我不是在说西西弗斯，但的确是在说虚无和抵抗虚无。

近些年出书似乎也有些"干劲冲天"。今年还是会有三到四本集子付梓。这已经开始令人尴尬。是的，是需要纠正这样的草率和盲目了。

这本集子也许就是一个纠正的开始。

它的责编，我所敬重的那位兄长，说："这是我编辑生涯做的最后一本书。"我的不安可以想见——这十几万字，显然无法和这句话的重量相匹配。他的编辑思路是让这本书反映出我的"小说观"。相知多年，尽管他可能在很大程度上会反对我的某些观念，但他就是如此的宽大我，容忍和尊重我浅薄的异见，并且，也愿意将与己相左的异见设想为具有一定的价值。他做文学批评，曾经就职于那本著名的刊物——《当代文艺思潮》。这样的前辈，亦师亦兄，遇到了，便是我的幸运。

它的另一位责编，可能正在"干劲冲天"的当口。于是这本集子从装帧设计到策划印制，都浸泡着他的心血。他是可以预见的优者，是成长着的有抱负的出版人，有志于将一家地方出版社做成一流的出版机构。他和我差不多算是同龄人，不由得，我就想和他一同成长。

他们，都是我纠正自己的鞭策的力量。于是，我们有所共识——尽量让这本集子不要太水，避免拼凑。完全做到了吗？可能没有。首先我在这一年写下的，依旧只在一个"一百三十斤"的人所能负荷的重量之内，"水"避免不了，但"不水"的愿望的确终于有了。我知道自己的局限。这局限有如书名——犹在缸中。

犹在缸中，来自李敬泽先生的一次戏谑之语——于今我们的文坛，吃了吐、吐了吃，大家都在同一口缸中。这是重要的洞察和自纠，借来做集子的书名，算是我对自己的提醒与棒喝。

诚如那位兄长的编辑思路，这本集子都是在说小说，它反映的是我的"小说观"。但是，置换一下，我想也许我所写下的，亦都是自己的"世界观"。写作经年，犹在缸中，我越来越觉得，决定一个小说家的，其实最终仍是他的世界观，是他看待世界的心情，是他看待生命的态度。如果这种感觉不谬，许多文学的问题、生活的问题都将迎刃而解——谁为什么写得不好，谁为什么活得不对，都有了一个基本的答案。

落脚在世界观上，所以我将与杨晓帆的对话放在了集子的最后。整本集子基本上是以写作的时序排列的，这个对话算是个有意的例外。我想用它压一下自己散乱的阵脚。它有个"三百一十斤"般的题目——《以虚无至实有》。并且，它的最后一句话，差强人意，说出了我今天的心情：

因为人生也不是很长，基本上一半也活过去了。

是为记。

2017 年 5 月 11 日

本文系散文集《犹在缸中》后记

# 磨亮硬币的两面

2016年,中国的丙申年,我起意写一本短篇小说集,名字就叫《丙申故事集》。

《出警》是这个集子中的第三篇,没错,正如篇名所示,它事关警事,事关警察。结集后,朋友和读者都有反馈,觉得这个短篇和我在这一年里写下的其他小说有些不同,我的责任编辑甚至发出这样的疑问:一个小说家在同一个时期,怎么能够写出截然不同的小说?她想知道。我理解她在疑惑什么。她当然不会认为小说家应当不断地重复自己,不断地写出"相同"的小说,令她疑惑的,也许是这样的一个局面:卡夫卡居然"截然"地写出了托尔斯泰式的小说。

我肯定不是在自比卡夫卡,我只是想要说明,一个作家的根本气质乃至在文学中处理世界的基本方式,总会有一个限定,而这篇《出警》,可能在朋友和读者的眼里,超出了作为小说家弋舟的限定。他们也许更加习惯那个写《所有路的尽头》和《随园》的弋舟。

这里面究竟发生了什么？如果必须做出说明，那么好吧，我承认，驱动着我的，首先是那个社会事件——写《出警》的时候，正有事关警察执法的事件耸动视听。

我无意为谁洗白，也从不以新闻推动写作的灵感。但是，我之所以在丙申年起意写一本小说集，并且用时间的概念来命名这本集子，正是因为我想要忠实地记录"现在进行时"。这首先是对时间的忠实，是对身在时间之中的我看待世界时的态度的忠实。这样一个沸沸扬扬的事件，"即时性"地触动了我，很难得，于是，我在自己的写作生涯中，少有地来了一次"在场的虚构"。

"在场的虚构"，我认为自己摸到了文学之事另外的一个面向。如果说，写作亦如硬币，正反两面构成了它完整的形状，那么，更多的时候，我可能只热衷于摩挲硬币的单面，让这一面越来越亮，以至于常年遭到忽视的另一面，越来越暗沉无光。当我摸出这枚文学硬币来和世界交易时，它"截然不同"的光泽，没准儿会令人起疑，怀疑我递上来的有可能是一枚假币。是的，我是太善于"离场的虚构"了——这本身没有错，卡夫卡和托尔斯泰最好各执一端，但是，我在丙申年，却企图磨亮硬币的两面。老实说，如果这算得上是野心，我自己实际上对之毫无信心。

是那个对于"忠实"的承诺鼓励了我。我写《丙申故事集》唯一的目标,就是"忠实"——忠实于自己既有的写作能力,忠实于自己"即时性"的思想感受,忠实于自己"此刻"的提笔热情。于是,在这本集子的附录中,我和我的责任编辑做出了题为"重逢准确的事实"这个对话。其中,我们讨论最多的,便是"准确"与"事实"这样的写作伦理。

如果说,当我写下《随园》那样的小说时,是出于对自己的忠实,那么,当我写下《出警》时,同样是出于对自己的忠实(事实上,这两个短篇几乎就是同时写下的)。这就像同时捻动着硬币的两根手指,它们都是我的,你无法只认定其中的一根才是弋舟的手指,那样,不像是一个假动作吗?而捻动硬币这样的一个动作,唯有在两根手指共同的努力下,才能达成那种可被理解的、有效的景象。于是,在丙申年,由于一个社会事件的驱动,由于我对"忠实"所做的承诺,不经意间,我开始摩挲硬币的两面。

写作《出警》,我只是想要忠实地回到小说的伦理中,让每一个生命的"孤单"去解释自身的实相,让小说家的笔驱散那些"社会性"的纷纭的表象。我知道,唯有在这样的努力中,自己才能更加理解人之为人的难熬,才能犹如摩挲硬币的两面一般,去整全地打量我们的世界。

我说了,对于《出警》,我自己实际上毫无信心。毕竟,我磨惯了硬币的单面。好在写出后,反响似乎还好。批评家黄德海在给《丙申故事集》中的小说打分时,将《出警》和《随园》并列为了"杰作"。这当然是溢美的鼓励,可还是令我多少踏实了一些。现在,《小说月报》将"百花奖"授予它,无疑会给我添加更大的勇气。众所周知,这个奖项,对于当代小说家意味着什么。那么好了,也许就此,我写作的姿势将更多地去尝试让两根手指共同地捻动,去磨亮硬币的两面。

感谢黄德海这样给予《出警》表扬的朋友,感谢《小说月报》的嘉奖,你们或许都不曾想到,你们激活了弋舟的另一根指头。

2017 年 8 月 24 日

# 总要有一个起点作为河流的航标

这篇有关童年阅读记忆的文章令人纠结。

写之前，和朋友聊天，恰好触及童年记忆。大家从唐山大地震那一年聊起——滂沱的大雨，操场上塑料布搭建的防震棚，为了避震而睡在洞穴般的木床下，以及与凄风苦雨并置的狂欢……那些蛰伏在意识深处的映像，纷至沓来，被一一唤醒。

称其为"蛰伏在意识深处的映像"，是因为，我难以将之视为一种无可辩驳的"记忆"。那更像某种与生俱在的事实，并不经过对于经验之事的识记、保持、再现或再认。就好比，除了一个失忆者，有谁会专门"记忆"自己的性别呢？

聊天现场，有人表示惊诧：哇，你记事这么早？一番换算，当年我四岁。这似乎更加坐实了我那被唤醒了的"蛰伏在意识深处的映像"，不大符合记忆的规律。然而不好意思，这些映像，端的就根植于我的意识之中。在场的张楚亦是信誓旦旦，声言他记事更早,大约可以追溯到两岁。那么好了,可见"记忆"这种东西,在约定俗成的"规律"之外,还有某些更为复杂的因素在作祟。

为了切题,我专门百度了"童年"的定义。度娘如是告知:童年期的年龄范围在六七岁至十二三岁,这一年龄段,是为一生的学习活动奠定基础知识和学习能力的时期,是心理发展的一个重要阶段。

这个定义令我舒了口气。我可以理直气壮地对应为个人文学航程"起点"的时间段,大致也是在这样一个时期。那么,我将不用再绞尽脑汁去说明六岁之前我的那些"蛰伏在意识深处的映像"——那些在我看来,住过风雨飘摇的防震棚也算是"文学启蒙"的妄见。

然而,求教于度娘之前,究竟是什么令我感到理不直气不壮?显然,那并非因为我纯然搞不清何为"童年";我想,是在于当我试图回想最初的文学起点时,那种童稚期发蒙的复杂性,委实令我感到了彷徨。事实上,相较"文学"这个貌似天然与"识字"有关的概念,真正构成我们最初经验的那些蓝本,可能并不完全对应着"识字"。譬如,在我看来,当两岁的张楚记事之时,那一年滂沱的大雨与操场上塑料布搭建的防震棚,便已经是近乎"文学"可读的蓝本。而凡此种种,似乎也更加符合我对于一个作家开蒙之初的想象。

说了这么多,我不过是想要为如下"荒谬的事实"做个铺垫——我在十三岁时,翻开了《小逻辑》。

这就像两岁的张楚记得唐山大地震一样,十三岁的我煞有介事地捧起黑格尔,可能无涉"记忆",可能也无涉"文学与阅读"。这些被我姑且称为"蛰伏在意识深处的映像",成为我爬梳自己"文学起点"的线索。这些"荒谬的事实",并不佐证我们如何早慧,不过说明了,尤其在童稚的年代,当我们在"起点"张望世界的时刻,滂沱的大雨和连囫囵吞枣都算不上的翻开《小逻辑》,都一并构成了度娘告知我们的——"是为一生的学习活动奠定基础知识和学习能力的时期,是心理发展的一个重要阶段"。

现在,努力回想自己严格意义上的"文学起点",我大致可以记起的,有这样一些书籍:《吹牛大王历险记》,书中樱桃核射进鹿的脑门,竟让鹿头长出了樱桃树的细节永生难忘——以至于如今得知李敬泽先生也对这本书念念不忘,竟令我莫名地欣慰;一本应该是北欧人写的童话,书名和内容全然想不起了,可就是顽固地记得。《卓别林传》,记下它,也许完全是因为记下了跟着父亲一同买这本书的那个下午的场景(这就像奥雷良诺·布恩地亚上校多年后想起他父亲带他去见识冰块的那个遥远的下午一样),还有书中卓别林与周总理西装革履的合影——他们真的是衣冠楚楚,体面极了。而"体面"这个词,当时一定尚未进入我的认知,但通过他们的仪表,我便已经开始领受那样的一种人类应有的风度。《唐诗三百首》,与之共同形成映像的,是沾了水的网兜——

那真是奇妙的武器,母亲用来逼迫我每日背会一首唐诗,"床前明月光"还好对付,"汉皇重色思倾国"就太过分了,对于一个儿童来说,不言而喻,这样的诗歌不仅冗长,而且,真的是太难理解了……

就是这么纷乱,难以厘清。我无从将抽象的无序转变成形象的有序。即便,我记得四岁时滂沱的大雨。唯一可以确认的是,童年这些纷乱而无序的与文学有关的映像起点,就是我如今成为一个小说家启程之时最初的航标。

那么好吧,姑且就从"六岁"这个童年的标准起点说起。

那年,父亲远在陕北富县工作,我和母亲生活在西安。我的父母都毕业于中文系,家中有书,至今我的书架上还摆着一部分他们的藏书。读书人家,多年下来,家中的物什早已天翻地覆,唯独有些书籍不会被轻易抛掷,它们随着主人四处辗转,默默地藏身在书柜的角落。于是,当我此刻需要借助实物来完成自己准确的回忆时,这本书便被我笃定地翻了出来。说"笃定",是因为我完全相信它一定在,然而这"完全相信",却又无从很好地解释。我只能以陈词滥调的方式说出,这本书"烙印一般地刻在我的记忆里"——

《春秋故事》。编著:林汉达;封面、插图:刘继卣;出版:中国少年儿童出版社。

如果必须让我招供一般地自述个人"文学起点"的第一本书,

似乎,我只能给出这个确凿的答案。你瞧,我形同说出了一个病句,在"只能"的犹豫和"确凿"的肯定之间举棋不定,并且,还做了"似乎"的铺垫。这关乎我对于自己记忆的不敢信任,也关乎力图水落石出一般找到自己来路的郑重。

发黄的扉页上,母亲的字迹已经有些漫漶,却依然醒目:

弋舟　1978.8.17

不同于父母的其他藏书,这本书的扉页没有他们藏书章的钤印,上面堪称隆重地写着他们儿子的名字,并且,记录下了购书的日期。在我而言,这无疑是一个重要的时刻,就此,确凿无疑,白纸黑字,我的名字严肃地和一本书建立了关系。

翻开目录,"千金一笑""兄弟相残""暗箭伤人"……那一年,从两千七百多年前的周幽王,那个不爱江山爱美人的昏庸大王开始,一个六岁的儿童展开了对于自己民族历史的"文学想象"。我难以肯定,这本书是被我独立"阅读"的,还是辅以了母亲讲故事一般的灌输?在一些显而易见的生僻字旁,出版者用心地标注了拼音,譬如褒姒(sì),譬如镐(hào)京,但我依然无法确认,六岁的我,是否就一定认识褒姒的"褒"和镐京的"京"。最终,令我决定认领下这个"文学"开端的,是这本书讲述的方式——

"千金一笑"的故事出在两千七百多年以前。那时候,中国还没有皇帝,皇帝这个称呼是从秦始皇开始的。中国在三千年以前的一个朝代叫周朝。周朝最高的头儿不叫皇帝,叫天王。两千七百多年以前,周朝有个天王,叫周幽王(幽yōu)。这位周幽王什么国家大事都不管,光讲究吃喝玩乐,还打发人上各处去找美人儿。有个老大臣叫褒珦(bāo xiàng),他劝天王要好好管理国家,爱护老百姓,不要把老百姓家里的姑娘弄到宫里来。周幽王听了,冒了火儿,把褒珦下了监狱。

不厌其烦地将这本书的第一段文字整段敲下来,只因为,当我此刻重温这些内容,某种神秘而动人的力量瞬间将我击中,乃至我竟有些百感交集。仿佛那一年的地震,大地耸动,暴雨滂沱,在一个四岁孩子的心灵投射下无从记忆但偏偏蛰伏下了的映像,这段文字,倏然实现的,是如今作为一个小说家的我,与自己内心的密码发现新大陆一般的相遇。它的叙述美妙如斯。那种行文的腔调几乎立刻令我想起了什么;当"找美人儿"和"冒了火儿"这样的词跳进眼里,我几乎立刻辨认出了自己审美的渊薮。这里面,是知识与美的传播者平易的姿态,戏谑的格调,耐心的教养,以及不动声色的自信。

它令我几乎立刻想起了什么呢? 喏——

　　世界上最大的河流,诸江之父的密西西比河,是那个无与伦比的恶棍表演的舞台……

没错,我随手敲下的这一段,出自博尔赫斯之手。我并不需要照搬更多,也不需要专门遴选篇章,我只需信口说出——我无从说明地以为,林汉达先生在我这本开蒙之书中写下的句子,于文学精神上,和博尔赫斯有着完美的一致性;并且,这种一致性,尚不拘囿于文学的精神,它更可能是一种世界观,一种方法论,是一个人言说时的根本调性与理解生命时行走的基础路径。差强人意,这似乎便解释了为何这本书能够令我"完全相信",能够"烙印一般地刻在我的记忆里"。在如此高级的叙述之下,它娓娓道来,挟着我们那经由数千年的文明魅力而达成的巨大优势,交融于一个六岁儿童的心灵世界,使得他在"千金一笑""兄弟相残""暗箭伤人"这些专属东方的凝练语境中,举目张望,迈出了借由"文学性"认知世界的第一步。

我愿意认领这个起点来作为自己文学河流的航标。它是如此的具有民族性,又如此的具有普世性;重要的更在于,在这个起点上,有着母亲写下的我的名字,由之,它是如此具有私人性,如此温暖我。

我想要强调的是,同时罗列出这本书封面与插图的作者,完全是因为,与林汉达先生的文字一样,刘继卣先生的画作同样构成了我文学的启蒙。通过他杰出的画笔,我得以"目睹"我们的历史,"目睹"那些短褐与长袍,那些金戈与铁马,那些冠冕堂皇与蝇营狗苟。这些画面,这些"蛰伏在意识深处的映像",必定在日后潜移默化地作用在我的目光里,它们构成了我身为一个中国人的基本常识,也构成了我身为一个小说家的基本见地。同样,这本书的出版机构我也要郑重地确认一下。中国少年儿童出版社，将这个机构的名称拆分，中国，少年儿童，出版社，它所是的那个机构，无愧于其中的任何一个词。和《春秋故事》一起挤在书架角落里的，还有《上下五千年》《唐宋词选讲》《少儿古诗读本》……我的这些童年读物，大多数与这家出版社有关。

当然，《小逻辑》与这家出版社无关。它出自商务印书馆，是那套赫赫有名的"汉译名著"中的一本。

然而，正是林汉达先生，是刘继卣先生，是中国少年儿童出版社，是和父亲一同购买《卓别林传》的那个遥远的下午，是母亲挥舞着的沾了水的网兜，是这些"蛰伏在意识深处的映像"，共同铺就了我走向《小逻辑》的童年阅读之路。

十三岁那年的课堂，我将头埋在课桌上，怀着一种儿童期行将结束的沾沾自喜，一种可被理解的准少年的狂妄与得意，一种不为人知的恐惧与焦灼，像一个盼望被人捉住的贼，聚精会神而又不知所云地偷窥着桌仓里的黑格尔，我想象着，当被活捉的那一刻，自己将是怎样的慌张与骄傲……

接下来，我在文学的河流里遇到了吕新。

许多年后，我收到了这位前辈赠我的小说集。在附录的创作年表中，我看到，1986 年他发表了自己的处女作《那是个幽幽的湖》。这成为一个确据，让我得以确认自己符合"约定俗成"的文学意识始于何时——我清楚地记得，那一年，十四岁的我读到了这个短篇。这是一个准确的、"有意识"的文学的标记点，其后，我的文学企图也许更加"自觉"，也更加具有了目的性——我开始一期不落地追读《收获》，追读《花城》……我难以说出，这究竟是幸福还是悲伤的开端。

就此，"真正的阅读"开始了，我将告别那些混沌却具有起点性航标意义的"蛰伏在意识深处的映像"。一艘纤弱的小舟，在文学浩荡的河流里开始了它的漂泊。

2017 年 12 月 13 日

# 在恒常与流变中

这些小画作于日常小憩时。

之所以强调"日常",是想区别于那种专门的、怀有"创作"企图的时刻。可现在意欲做出这般区别,我发现,原来准确地陈述又颇具难度。因为作画的那些时刻,似乎本就没有一个"准确"的心情。它们真的是"小憩"时的产物吗?似乎也不是。事实上,完成它们同样令人有种"工作"的紧张感。裁纸,构图,钤印,一切都有着对于形式的强迫性要求——它们没有小憩的闲适。尽管我常常草率地将这些小画定义为涂鸦,可一旦认真追究,我就得承认,那些作画的时刻,自己依然致命的郑重。

所谓"致命的郑重",可能是,内心其实是想要摆脱掉郑重的。然而,即便小憩,即便涂鸦,也依旧"致命的"无可松弛。但,它们的形制,又显而易见地无从被视为"创作";并且,如果一定要在"涂鸦"与"创作"之间做出抉择,摇摆一番,我仍旧只能倾向前者。

那么,为什么要摆脱"郑重"?为什么"郑重"挥之不去便会令人感到是"致命"的事?为什么提笔时刻的"松弛",会成为心底的盼望?

也许,于我而言,"郑重"已经构成了某种压迫,已经部分地损害着我的创作。这里所说的"创作",是指我的小说写作。无可争辩,作为一个美术专业出身的人,如今我完全是被当作一个小说家来看待的。这期间身份的转换,也与这些小画的定义一样令人难以准确地陈述。

事实上,从绘画到写作,这个"跨界"的行为,已经被人追究了无数次。为什么?是什么令你做出了这样的选择?画画与写作之间构成了怎样的关系?似乎这一切必然要有一个能够脱口而出的答案;也似乎,在这两门艺术之间,必定有着某种不言而喻的关联早已被约定俗成,然后等着你再把它们交代一遍。这令人厌倦。如果真的有那些不证自明的事物,我们是否必须一次次地重复,一次次地巩固它们的不证自明?——然而,这的确又是必须的。就像面对常识,我们需要不厌其烦地重温。

批评家黄德海论及我的小说时写道:

> 那些小说中的平常日子,有绵延致密的细节和具体而微的想象,尤其是对人物内在情感的处理,揣摩功夫下得透,转折处布置精心,没有常见的突兀和尖锐,准确能看出作者深

邃的用心。可等这一切团拢起来形成整篇，却又似乎跟所谓的现实并无太大的关系，现实中的干净或污秽、温存或敌意，仿佛都经过了意识的再造，笼罩上了一层明显的反省色彩，磨去了其中的粗粝感，显出整饬的样子。

不是吗？如果将这段话中的"小说"替换为"小画"，他的这段论述依然可以成立。这批小画同样"有绵延致密的细节和具体而微的想象"，同样"没有常见的突兀和尖锐"，同样，"似乎跟所谓的现实并无太大的关系"，于是，"仿佛都经过了意识的再造……显出整饬的样子"。

在我看来，如果这番定义真的命中了我的风格，除了喟叹黄德海目光的准确，我还当警惕。是"整饬"这个词令人踟蹰。它当然是值得追求的，所谓艺术"高于生活"的那个部分，在很大程度上，或许就是经由"整饬"来完成的；然而，意识再造之后，艺术若"似乎跟所谓的现实并无太大的关系"，也一定会令人深感无力。

潜意识里，这或许便是我在作画时想要摆脱"郑重"的一个动因。而"郑重"又是如此地难以被摆脱，尤其写作的时候，对于"郑重"的消减，几乎就是对于所为之事意义的消减。那么画画或许会好一些？尤其，当这些小画被自我暗示为"作于日常小憩"的产物时。

然而，你也看到了，此刻当我对这些小画做出说明，在"作于日常小憩"的基本想象下，同样也不得不承认它们"专注"的实质,承认它们的匠心乃至匠气,承认我即便是在一厢情愿地涂鸦,也依旧无法完全地松弛。

一切就是这般的缠绕。我想,诸般问题的开列与辩难,自古以来就为难着我们,并且在为难之中塑造着我们。至少,在目前这个阶段,我也只能够将自己为难到这样的一个地步。因为,无论画小画还是写小说,于我而言,彻底地摆脱郑重,完全地倒向某种"才子气",或许更具风险。

文人提笔,风流满纸,这是我们的财富,亦是我们的债务。所以,我可能会在潜意识里告诫自己,万勿"挥洒",毋宁"匠气",会在潜意识里对提起笔来写字画画的作家们中那些老老实实写楷书、描瘦金体的同侪心生敬意。

艺术之事,恒常者何?流变者何?于我而言,或许,恒常者依旧是致命的"郑重"与"专注",那相对的一极,"松弛"与"草率",于流变中为我们构成审美里轻与重的平衡。在"小画"的心情中想象"大画",这或许就是我今天有限的格局。我无力让自己更大,但也未曾甘心一味地小下去。

诚如黄德海在评论中对我的担忧:

> 自省同时流露出的自怜式的柔弱感,很容易把人捆缚在某些细致周密的固定频道——或者也可以这样来表述我的担忧,柔弱的自省有时会把人从生活的烟尘中生拉出来,耽溺在意识的清净境界里,就如弋舟自己说的那样,过上一种

奇怪的"二手生活"。

这便是我自己此刻对自己的担忧。

好在,他将我近期的小说称为"盛放在拗格里的世界"——

安置了世界本身的粗粝和不完整,却不是削齐磨平,而后让它再生般地重生在虚构的世界里,就像古诗里的拗格,看起来每一处关键的平仄都不对,却在全诗完成后呈现了全备的美感。除了偶尔还是会流露出的幽僻孤冷,那些亘古长存的山川、劲力弥漫的日常进入小说,打开了人内心的某些隐秘之处,勾勒出早已被现代小说遗忘的雄阔野心,阅读者或将缓缓感受到其中含藏的巨大能量。

对我,这是有效的鼓舞。我想,他的如下言论,亦可作为这批小画的箴言——非关幽冷俏模样,庄严赋尽烟尘中。

2017 年 12 月 28 日

# 以黄河之名馈赠予我的文学褒赏

　　青山兄约稿，为纪念改革开放四十周年，《飞天》拟编选一册"甘肃文学，飞天视野"的书。身在甘肃，写作将近二十年，正好我也有回顾一番自己来路的愿望，于是欣然答应。

　　甘肃于我，在很长一段时间都是一个"异乡"的想象，毕竟，当我来到这里时，已距而立之年不远，作为一个成年人，旧习早已根深蒂固，新的生活展开在眼前，情感往往依然寄托于往昔。有些事物，若不回头盘点，意义便无从彰显，一晃将近二十年了，现在写这篇文章，我才更为清晰地意识到，在甘肃的这些个日子，竟然完全对应着我个人的"写作史"。就是说，我的甘肃生活，实际上就是我文学生活的全貌，于是，"甘肃"于我，即可视为"文学的故乡"。这就是回望与盘点的价值，它让我认领了自己的命运，从"异乡"找到了"故乡"的枢纽。

　　一个写作者，在将近二十年的时光中会经历些什么？想必谁都能够想象个中况味的复杂，如此一来，试图一一细数，几乎便是无从下手的事情。好在稍加琢磨，我就找到了一条主干。

甘肃与黄河的关系密不可分，兰州更是黄河唯一穿城而过的省会城市，生活于此，我几乎天天都要与这条河打照面。如今我住在黄河的北岸，差不多每次跨河而过，心里依然会有某种难以觉察的涟漪泛起，时间宽余的话，立在桥上，我还会拍一张河面的照片。这种心情和举动几乎是下意识的，我难以给出一个确凿的动机，或许，是那种"异乡"的想象终究难以彻底消散，所以在黄河这种巨大的存在面前，我才会时时地表现出一个游客般的重视。这对我，就像是一个隐喻。而隐喻之中，这条大河还直接与我的文学生活相关——"黄河文学奖"以之命名，这项经甘肃省委宣传部批准，由甘肃省文联、甘肃省作家协会共同主办的全省文学最高专业创作奖项，几可贯穿我的全部个人写作历程。

依据评奖章程，黄河文学奖每两年举办一届，自 2003 年首届评选开始，至今已经跨过了十五个年头。新闻中说，她"见证了甘肃文学发展的十五年"。我之所以在这里罗列年份与时间，无外乎是想将自己的记忆与时光牢牢地系在一起，而黄河文学奖的时间表，恰好给我此刻回顾写作历程提供了刻度准确的参照。因为，迄今已经举办过六届的这个奖项，有五届都和我发生过密切的关联。五届评奖，粗略算来，也有十余年的时间了，如果新闻中的句子不虚，那么，我是不是也可以这样说：她"见证了我个人文学发展的十余年"。

2007年3月,第二届黄河文学奖征集参评作品,征集范围确定在2004年1月1日至2006年12月31日期间公开发表的作品。彼时我虽已写作了若干年,但对于整个文坛还堪称陌生(我们对于"文学"的熟稔,并不等同于对"文坛"的熟稔,这个认知,我还要经过若干年才能明白),懵懵懂懂,报送了发表在《天涯》2004年第五期上的短篇小说《锦瑟》。翻过年,消息传来,获得了中短篇小说的一等奖。

这是我获得的第一个文学奖项,有点从天而降的意思,当然是高兴的,看了新闻,更高兴:

> 本届黄河文学奖集合了这一时期全省最高水准的文学作品。这些作品内容丰富,题材多样,流派纷呈,包罗万象,是甘肃近年来少有的文坛大集合、陇军大阅兵。作为甘肃省最专业的文学奖,黄河文学奖始终坚持高水准的评审。由著名作家、资深学者组成实力雄厚的评审委员会,分别对长篇小说、中短篇小说、诗歌、散文以及综合五大类作品进行了分组评审,评审历时半年。评审委员会坚持科学发展观,弘扬主旋律,鼓励贴近实际、贴近生活、贴近群众、体现时代精神的创作,坚持导向性、权威性、公正性、群众性,坚持少而精、宁缺毋滥的原则。本次评奖征稿范围之广、时间之长、评委会水准之高、综合实力之强为历届之最;在奖项设立、参评条

件和评奖程序等方面逐步与中国作协设立的四大奖项接轨，这将更有利于引导全省作家进一步冲刺中国作协的鲁迅文学奖、茅盾文学奖、少数民族文学奖以及儿童文学奖。

不厌其烦地抄录这段新闻，只是想说明当一个懵懂于文坛的"新人"第一次被这样措辞隆重地加冕时，心里必然会有的那股子兴奋。那时候，我还不知道，这项以"黄河"命名的文学冠冕，将要贯穿我身在甘肃的全部文学时光。现在回头看看，这次获奖对我而言的重要性，当时也许并未被我完全理解，我无从预计，就此，一条文学的专业道路便在我的脚下展开了。所谓"专业道路"，并不是指那种社会性的分工，而是指一个作家内植于心的写作精神，有了这样的自觉，"作家"的自我诉求才真正地开始兑现在我的生命里。

2010年，第三届"黄河文学奖"揭晓，《天上的眼睛》获中短篇小说一等奖。值得一提的是，这部中篇发表在《飞天》2007年第一期。对于《飞天》这本甘肃的"娘家"刊物，如今我常怀歉疚之情，原因很简单——我交给她的作品太少。但这本刊物对我的爱护却从来未曾因为我的疏懒而减弱。至今还记得《天上的眼睛》发表后青山兄对此篇的喜爱，他为选刊将这个中篇忽视而遗憾。彼时我大约已经摸着点"文坛"的线索，于是，被喜爱与被忽视，都成了不可或缺的经验，成了交集的况味，成了身为一个"中国作家"的必要历练。后来《飞天》十年奖颁发，我也因为这部中篇再次获得温暖。

然而糊涂于我是一贯的，去年省文联李燕青书记召集"贯彻十九大精神，打造文艺精品"座谈会，会上文艺家们照例是代表自己的所在部门要政策、要资金，身为一名"自由写作者"，我在发言中坦陈自己既不要政策也不要钱，就要一点"尊重"。这原本也是自认为坦荡的心里话，但会后青山兄跟我说，好不容易有了发言的机会，至少应当为《飞天》提高稿费的事情呼吁几句。这番话令我汗颜。我"自认为"的，尤是个人之情绪，而青山兄主持一本刊物，心中装着的则是"作为事业的文学"。好在今年我应邀参与《飞天》的封面设计，能以这样的方式服务于《飞天》，差强人意，也算是弥补了自己对这本"娘家"刊物的亏欠。

说起这届黄河文学奖，还有一段小插曲。颁奖结束，一众师友去喝酒，有人摸出信封袋里的奖金数算，来来去去，我竟发现自己领到的奖金少了若干。这可真是尴尬人遇到尴尬事。鉴于这个奖的奖金本来就是有名的不甚丰厚（可能在全国省级文学奖项中是最微薄的），少的那"若干"，也真的只是"若干"，似乎并不值得较真；但不去较真，又好像太过儿戏，相较于这个奖项本身不言而喻的严肃性，大而化之，的确又是不应当的。踌躇再三，还是硬了头皮向当时的作协秘书长刘秋菊老师汇报了。果然是一个失误，"若干"差额补到手里，心里才踏实下来。这踏实，不是因为拿足了钱，是因为一件尴尬事回到了清爽。

2014 年,第四届黄河文学奖揭晓,我的中篇小说《隐疾》再次获得一等奖。本届获奖作品有了授奖词,存学兄为《隐疾》写下了迄今仍令我无比珍爱的句子:

> 弋舟的小说具有穿透事物表面直达真相的品质,具有在显现人的精神困惑和游离状态中营造艺术魅力的能力。他的中篇小说《隐疾》给人一种在隐秘之处跳舞的感觉,似是而非的人物和似是而非的遭遇将读者带入人性的幽暗中,小说将人最难于表达的境况表达了出来。就弋舟小说的品质而言,它已经具备了现代性意义上的小说特征。

至此,我的个人写作也许已经完全具备了我所理解的那种"专业的自觉",诚如存学兄所言,那即是对于文学"品质"的追求。

2015 年,第五届黄河文学奖揭晓,我以《战事》获得了长篇小说一等奖。

连续四届黄河文学奖,分获长、中、短篇小说一等奖,前后贯穿我的写作时光超过了十年。在这十余年来,甘肃文坛以惊人的慷慨将这项省内最高的专业文学桂冠不断地赐予了我,这的确是创下了一份纪录,而这份纪录,承载着的绝非只是我个人的荣誉,她见证了甘肃文学在新世纪以来不拘一格的勇气与盼望。在整个的时代背景之下,这份纪录对应着的,是甘肃文学界弥足珍贵的文学美意与文学用心,此心良苦,此意动人,她以黄河之名馈赠予我的文学褒赏，培植着我的文学信心，加添着我的书写力气。十多年下来，我大大小小获得了国内诸多的文学奖项，但"黄河文学奖"不啻是我个人写作史最粗的那根主脉，她让我领受的，不仅仅是写作的宿命，她还将我紧紧地与甘肃这块"异乡"捆绑在了一起，从此永远地栖息在了这块"文学的故乡"里，坐实了"甘肃作家"这个无从更改的身份。

2016年，第六届黄河文学奖开评，此时我大约已经算得上"深谙"文坛了，于是断然不敢再度造次，明确表态从此不再参评这一奖项。然而评委会抬爱，让我做了长篇小说组的评委，使得我与这个奖项的关系接续了下去。长篇小说组的评委由马步升、程金城二位兄长和我组成，整个评奖过程于我而言都是课堂，由此，另一条事关文学的修养之路，开始在我的面前徐徐展开。

2018年5月4日

# 肩住经验的重负

当"70后"这个群体被整体命名将近二十年后，如今的我们，似乎依然是一群打开藩篱便将各自奋蹄的马儿，甚至，圈在一起，也咀嚼着不同的草料、憧憬着别样的远方。我们的命运与道路迥异，终将向着自己的终点而去。我们之间的差异从来就没有被"70后"这个藩篱有效地整合过，甚至，我越来越怀疑，我们还有可能是个体之间区别最大的一代。不是吗，我们遇到了一个断崖式骤变的时代，那道悬崖正是在我们肉体的生命阶段拦腰折叠。我们有幸承受了这一切，饲料的来源空前复杂，有旧味，有新滋，各吃各的，于是奇形怪状，格外地有了自己的模样。分歧由之不可避免，有人循着老路，有人另辟蹊径，也许这都能令人走上康庄大道，但更多的，终将在歧途之中踽踽独行。那大而化之的"遮蔽说""夹缝说"，也越来越像是戏言和掩饰无力的托词。

那么，如何对这一代写作者"锚定"与"塑性"？如何找到我

56

们之间最大的那个公约数，展开一些具有"共性"的讨论？也许，对于"经验"的打量与思考，可以成为一项议题。即便我们千差万别，即便我们各有主张，但在这个议题之下，大家或可都被笼罩其间，进行共同的反思——那个不争的事实是，我们这代作家，从事创作已经有了一些时日，各自必定都已积攒了一笔不菲的"经验"，这些"经验"当然难以划一，但"经验"的获得与存蓄，却已经无可置疑。更简单地说——我们生物年龄一致，这就是我们最大的和唯一的共同点。

人到中年，大约都成了识途的老马，而那"识途"的本钱，不就是一笔一笔的经验吗？"经验"之于我们，曾经无疑是一个重要的正面盼望。我们想要学会"怎么写"，想要懂得"写什么"，想要积攒财富一般地积攒出将"要写的""写好"的能力。为此，我们努力要求自己耳聪目明，要求自己眼观六路耳听八方，敏感地捕捉那"要写的"，它们可能是社会热点，可能是文化现象，甚至可能是刊物与市场的口味。当然，最好的，这"要写的"是我们心灵的内在冲动。配合着不同的诉求，我们呕心沥血地训练自己将之"写好"，向着"热点"去的，估计翻看朋友圈已经搞坏了眼睛；向着"口味"去的，大约订阅了十多年的选刊；而向着"心灵"去的，可能也已经厌倦于再将博尔赫斯挂在嘴边。经年累月，这些，都构成了我们的经验。造化各异，我们今天因着这些经验的获取与兑现，有的成了主席，有的成了宠儿，于是便更加地信任和依赖自己的经验;那没有获得掌声的,可能会同样变得更加固执,浸泡在一己的经验里,仿佛更加有了愤世嫉俗的本钱——怎么说,熬了这么多年,我也算是个有经验的,得敝帚自珍,得冥顽不化。

还有更加沉重、如同泥垢一般板结在我们身上的活着本身给予我们的那些难以形容的生命经验。不出意外的话,我们差不多该晓得了四处握手言和,晓得了彼此互理皮毛,晓得了人云亦云和点赞的重要性。我们具备了去过这样一种"文学生活"的能力,经验令我们整齐划一地下意识就选择出"正确"的姿势,可能大多数都忘记了曾经反对过什么,盼望过什么。

二十年后,披挂在我们身上的"经验"的铠甲,就是这般地越来越沉重,它曾经是我们希冀拥有的翅膀,如今,也许已经成为拘囿我们的枷锁。同样,以经验视之——这条道路上,鲜见因为经验的不足而离场的,反倒是有太多的同行者被沉重的经验所压垮,最终倒在了尘土飞扬的路边。这就是一群"有经验者"的风险,就是一群行至中年的"70后"所要共同面对的困局。

多么疲惫啊,无论那台上的还是那台下的,无论那发言的还是倾听的还是玩着手机的。

但"经验"无从抹去,就好比年轮无可倒转,它毕竟不是泥垢,在池子里泡上一天便会涤尽。我们只能肩住经验的重负。为此,我们得努力令自己警觉,努力回想自己曾经提笔上路时的样子并且有勇气再去加添新的更加不堪重负的经验;我们得抵抗住疲惫与厌倦,抵抗住麻木和试探,抵抗住那轻而易举便能将我们劫掠而去的本能一般的贪欢之念,抵抗陈规和新的陈规,从已经浑浊的眼睛中打量到一个澄明的世界。

此次鲁院将我们召回,以一个共同的名义将我们再次集合起来,我们以我们的经验谈论,加增着新的经验,我们谈论了"先锋",谈论了"灵魂",谈论了"责任",谈论了"现实",我以我的经验出发,唯愿将这些议题谈论得文学一些。

继续上路吧,我们这些识途的老马!但我们应当牢记一个事实——老马们凭借经验所识别的道路,一定都是归途,是倒退,是驴蒙住眼睛推磨一般的原地打转。

2016 年 7 月 30 日

# 站立在城市的地平线上

一

我曾经在一篇文章中写道：

总是无从回避，总是要反复回答——我们的写作与栖身之地的关系。就我个人而言，我的祖籍是江苏，父亲一辈来到了西北，而我，比父亲往西北跑得更西北了一些。归纳一下的话，那就是：我们两代人的轨迹，便是一个离故土越来越远的图景。如果我们承认，当我们以一种地理意义上的版图来规约文学时，里面的确首先预判了某种必然的"故土原则"的话，那么，一旦我被纳入这种言说，就必然会感到莫名的尴尬。——我没有故乡。因此，即便"身在西部的作家所创作的文学"这个"西部文学"中最被忽视乃至只是为了概念的完备,才勉为其难需要罗列进去的指标,将我的写作也一网打尽的时候,我依然会不由自主地想要与之分辩。

这篇文章是为了我被冠以"西部作家"之名的一次申辩。就好比我宣布自己没有故乡一般,当我现在试图写下自己关于城市文学的思考时,与之对应,我需要再次申明:我没有乡土经验。这几乎是无须解释的,当一个人没有"故乡"之时,他又何来"乡土经验"?

是什么令我们总要反复回答"我们的写作与栖身之地的关系"? 在我看来,对于这个问题的纠缠,本身便源自我们文学中迄今依然强悍的"乡土逻辑"。当我们的写作被追索、被盘问——它究竟植根于何处时,岂不就像是对着一把谷物去追究它的产地? 这种根深蒂固的好奇,本质上难道不是源自一种农业文明的积习?

不错,我们甚至不需要过多地去专注,仅仅粗略地爬梳,就会得出这样的结论——检阅我们的文学遗产和文学经验,基于农耕文明的创作始终是我们的主流,并且,它完全可以被称作一枝独秀的,它既以自己的创作成果,也以意识形态的强力倡导,最大程度地盘踞在我们的文学地盘上。这种局面延宕到今天,还有赖于我们文学批评领域的保守,当建立在一整套成熟理论之上的文学批评,安于以现成的教条来履行责任时,它当然会反过来固化它所依附的传统,从而令其显得愈发不可撼动。

一个缺乏"乡土经验"的作家,在这种传统里写作,势必会丧失那种显而易见的利益优势和相对容易的叙述策略。我生于上世纪70年代,恰恰赶上了一个天翻地覆的时代,以我这样的年纪,提笔之初,整个文坛向我释放着的,依旧还是庞然的现实主义诉求与乡土叙事原则,于是,对于"乡土经验"的阙如,必定成为我最大的短板。

# 二

　　我没有"乡土经验"。那么,我有"城市经验"吗?不问不知道,这个貌似很好回答的问题,一经提出,若要严肃回答,原来却是这样的令人为难。不错,我从生下来的那一天起,到如今年逾不惑,都是生活在城市之中,但是,我真的又很难理直气壮地回答:是的,我有着一份完整的、不打折扣的城市生活的经验。何以如此?我想,这一切都源自我们这个国度特殊的国情。我很难说出什么样的经验才是我心目中的城市经验,但我可以很轻易地否定自己的成长全部构成了那样一份城市的经验。

　　我们这代人,大致也经历了物质匮乏年代的尾巴,那种对于几分钱一碗面的记忆,那种对于煤站粮店的记忆,一把抹去了我经验中"城市文明"的痕迹,它们起码在我记忆的初期毫无"城市味",我不能承认它们符合我对"城市文明"的想象。这里面的确难以找到某个具体的参照系,它完全有可能只是出于我的一己之见。但它的确牢不可破。以此为基点,我至今依旧有着巨大的困惑,譬如:如今我所生活的兰州,相对于上海,算得上是城市吗?欧美文学中对于城市贫民窟的描写,算得上是城市文学吗?——或者,只有《了不起的盖茨比》这样直接书写都市奢华之梦的作品,才当得上是十足的城市小说?那么,茅盾的《子夜》呢?王朔的《动物凶猛》呢?

这也是一个中国作家面对此类问题时的困惑。毕竟,城市化直到今天,才真正成为我们建设的口号与目标。

之所以如此困惑,我想,我是过多地考虑了城市文学的"外貌",如果我将自己的目光收缩,只去审视城市文学的"内核",也许,问题就简单得多了。我在想,如果真的要给我的写作找到一份依据,我也只能将自己的经验落实在城市(尽管,我的这个落实常常令自己生疑)。这份经验的落实,一部分源自我的物质经验,另一部分,则源自我的精神经验。而后者,更多地来自阅读——是阅读本身,为我提供了那种富于"现代性"的、类似于"城市经验"的体会。就是说,当我以"城市化"的方式来书写的时候,更多的是我在经历着一个精神性的命题,那种实在的、物理意义上的"城市感",只是十分勉强地作用在我的写作中。

# 三

然而，事情发生了变化。

如今我国的城市人口已经超过了农村人口。这是几千年来没有过的根本性变局，在这样一个根本性的变局之下，所有既往的庞然大物，终究会烟消云散，成为可资瞻仰与借鉴的、被反复扬弃的历史。尽管我们的现代文学在发端之初，就已经有了"城市文学"微弱的呼吸，但在我看来，"城市文学"直到今天，恰逢其时，才真正成为我们文学创作的可能。如果说，我这一代的写作者，"具备乡土经验"和"缺乏乡土经验"都显得有些可疑的话，如果说我们依旧在新情况与老传统之间犹豫踟蹰的话，那么，更加年轻的一代，则毫无疑问并无可选择地已经站立在了城市的地平线上。

但是且慢，"站立在城市的地平线上"，如果不是仅仅出自修辞的需要，它几乎就是一个病句。城市有地平线吗？——有地平线的地方一定是个辽阔的地方，它是天地的尽头，梦想的终点，而这个意象，几乎天然地专属于农耕文明，也正是有了这种"地平线"一般宏大的背景，对于乡土的书写才占尽了所谓"厚重"与"雄浑"的风光。逼仄与狭窄，差不多就是城市的代名词；与乡土空间的自由相较，牢笼才是城市的别名。这些，算得上是我们文学书写的常识了,但恰恰因为它们成为"常识",才需要我们在书写的时候格外地抱以警惕。

如何书写我们今天的城市?将城市仅仅当作乡土的对立面来看待,我认为依然没有脱离乡土叙事的窠臼;同时,将城市过度地描黑,在我看来,也与我们的内在经验相悖(有几个人在抱怨城市的时候甘愿退回到乡村呢?)。我们必须承认的是,城市文明一定是人类进步的重要成就,城市所能给予人的便利与舒适,一定远胜于乡村。在这样一个更大的"常识"之下,我们再去反观那些对于城市进行诟病的小"常识",才会得到一个相对可靠的立场。

我始终认为,当城市文明这一人类进步的成就彰显之时,人的自由也随之获得了更大的解放。当我们身陷"牢笼"的时刻,内心被压榨出的自由却更加丰富。这就是一个悖论,而文学之事,恰恰就是在一个又一个的悖论与辩难之中施展着身手。

当然,我并不是要求文学去讴歌城市。我所要强调的只是,当我们书写城市的时候,依旧不要忘记文学对于"复杂性"的永恒的要求。如此,当我们今天站在城市的门槛上之时,才有可能是怀着一份站在地平线上时的胸襟。

# 四

传统总是强大而蛮横的。我们基于乡土经验而来的文学成就，也的确蔚为大观。在此之下，我们可以说是已经有了一整套现成并且行之有效的叙事方法，这种方法更发展出了某种思维的定式，它一方面强力地支撑着我们的文学创作，另一方面，也粗暴地框定了我们的文学想象力。

在我看来，并非书写的对象是城市，我们就一定能创作出城市文学来。"城市文学"在这里，不仅仅是一种题材，更是一种精神特质与创作途径。它之所以被单独地提出并且相较于"乡土文学"，正是为我们重新确定了另外的书写难度——它在思维模式、修辞方法乃至创作逻辑上，都对我们提出了新的要求。在一种新的现象面前，一种新的感觉面前，一种新的思想面前，我们在黑暗中摸索，力图把握住这新的对象，在煎熬中得到一组词语，从而挽留住关键的感受令它无从遁去，在我看来，这正是文学的迷人之处。

举一个例子：如果我们以"像庄稼一般林立的高楼大厦"来形容城市，我们所遵循的，依然还是我们经验中的惰性。这种"庄稼式"的修辞偷懒，我们太熟稔了，顺手就来，几乎无须假以思考。但是，当某一天，"庄稼"已经超出了大多数人的知识储备，当我们

66

不得不需要对之加上一个注释的时候，除了炫耀自己知识的渊博之外，这个比喻句基本就可以算作拙劣的了。那么，换作"像魔方一样堆积的高楼大厦"怎样呢？显然，它会生动得多，同时也及物与有效得多。这里面，除了"魔方"这个意象会更多地被人理解之外，更在于它还生成了更多的、符合城市特征和我们生存感受的隐喻。

"庄稼"对应着辛劳与自然，而"魔方"对应着奇幻与非自然，这不仅仅是修辞上的拣选，在我看来，它还是对于人类境遇的更为严谨、更加负责的描述，是一种新的书写倾向和创作动力。毋庸置疑，准确地还原我们的感受，永远是文学的题中应有之义，我很难想象，一套旧有的修辞方法，还能够所向披靡地形容出我们所有的新的感受。

在形式上，城市文学也在修改着我们的写作范式。譬如，就像乡村对应着缓慢一样，城市无疑是与迅捷相对应的，当今天我们要去虚构两个陌生人之间发生关系，一定会比过去的小说来得快捷得多，日新月异的通信方式，完全可以在瞬间使得两个人的结识成为符合逻辑的事实。我们现实中的行为已经发生了巨大的变化，从某种意义上讲，这种变化兑现在文学里，必定需要新的节奏来满足它所呈现出的风格。

那么，是否可以这么去猜测呢——那种乡土文学所特有的繁复与迟缓，将在很大程度上消失，小说"趋短"可能会成为一个趋势？这样的猜度肯定是狭隘的，它依然是在将事物对立起来，当我们区别乡土文学与城市文学的时候，永远应当牢记的是：它们都应该是在文学的立场上展开的，而文学，永远有着它恒定的标准和不变的规律。

## 五

瓦尔特·本雅明对于讲故事的人和小说家之间的差别，做出过这样一个著名的区分："讲故事的人取材于自己亲历或道听途说的经验，然后把这种经验转化为听故事人的经验。小说家则闭门独处，小说诞生于离群索居的个人。"

"闭门独处"，"离群索居"，这难道不是更像一个对于城市人的境况的描述吗？以本雅明的论述为起点，我觉得，城市书写，更加像是一个小说家的优势。这个判断揭示了城市文学的书写难度。"故事"在这里似乎不再是小说家的强项了，小说家们大面积地丧失了"亲历"与"道听途说"的经验。今天，我们身陷网络信息的洪流之中，但那种书写"故事"之时所需要的对于"经验"的独占性，却付之阙如。所以说，今天的我们，经历着信息共享的便利，同时，也将难以垄断某个新奇的故事了。一切都扁平化了，大家的经验在致命地趋同。如此一来，讲故事，这种最易受到读者拥护的叙事方法，渐渐地，越来越显得勉为其难。于是，我们只有被迫走向自己的心灵，以此，去显示"生命深刻的困惑"。

经验，在本雅明那里，就是指"亲历"，而小说家，在本雅明那里，恰恰该是一个自觉地抵抗乃至瓦解这种"经验"的人——他从物理、地理意义上的现场退后，从乡土的现场退后，将自己孤立于"故事"之外，从而使自己成为一个"得不到别人的忠告，也不能向别人提出忠告的孤独的个人"。如果说，这种小说家的选择从前还是出于自觉的话，那么今天，我们的基本境遇已经决定了，你只能选择这样的姿态。因为，城市生活已经铁定将你推到了"闭门独处"与"离群索居"的境地。我们可不可以这样说呢？——今天，在本雅明的意义上，只要你提起笔来，宿命般的，你就只能被迫是一个小说家。

这当然是一条更为艰辛的写作之路。卡夫卡将人变成了甲虫之后，对于城市的书写，前辈们仿佛已经穷尽了可能。乡土是何其辽阔，它所能提供出的"故事"似乎无穷无尽；而城市书写的"小说"，从作者巴掌大的一颗心灵之中取材，那种对于个体心灵的索求，几乎可以称作压榨式的。但是，此间依旧有辩证，文学在全人类走向城市化的今天，仍然坚韧地生机勃勃着，本身就是一个骄傲的雄辩。作为一群晚来者，中国作家在今天集体站在了城市化的门槛上，那道文学的地平线，既在我们的身后，更在我们的眼前，当我们曾经的文学财富变得不再那么可靠与顺手时，文学那种对于"超验性"的要求才突然伺机变得迫切起来，这甚至可以说成是我们的一次机会，我们将因此变得不再那么懒惰，变得更为敏感，变得更加依赖自己的个体心灵，当我们在艰难中跋涉之时，也许才更能够在自我的创造中为自己的能力而心醉神迷。

2015 年 3 月 25 日

# 短篇小说的动机

写作日久，有时不免会揣测，究竟是出于何种动机，人类展开了短篇小说的写作。就是说，我们究竟是被何种目标或对象所吸引，激发和维持了写作短篇小说的内部动力？

写《威克菲尔德》的那些日子，霍桑被什么所驱使？是什么召唤了塞林格，让他写出了《逮香蕉鱼的最佳日子》？

之所以不去以《红字》猜度霍桑，是因为相较于短篇小说的写作，写作长篇小说的动机似乎更容易被描述，它们宏阔庞然，有着清晰的身躯，并且，描述起来也容易满足人类追求"确凿"的本能，换一种说法，就是它们也许更容易被说明和更容易被理解。而短篇小说的写作动机天然地具有更大的偶然性与随机感，它们难以被捕捉，捉到了，也难以被轻易地表达。就好比，当我们力图去说明"灰色"时，总是会比力图说明"红黄蓝"时感到吃力和为难。那么，为什么不以《九故事》来整体地想象塞林格呢？那是因为，

71

当九个短篇被他集体命名后，"意图"扩张，于是"意义"彰显。而这构成"整体"的"九分之一"，显然更加具有不确定性，它独立成章的时候，必定没有那么的"理智"，那么的富有"规划性"。打个比喻，一本小说集或许可以被称为一栋完整的建筑，而其中的一个篇章，或许只是局部中的残垣断壁。

那么问题来了，为什么我总是会对这些更加难以被抓在手心的问题所吸引？总是会对没有清晰答案的问题产生兴趣？同样，我自己也回答不了。硬要作答，也只能差强人意地将之推卸给"天性"。嗯，或许是，我的"天性"中有着迷恋含混事物的因子，我喜欢面对"没有答案"之时的无力感。这当然是局限。当强人们十拿九稳地将世界像是捏着一块生铁似的捏在手心时，世界于我的手感，更多的时候只能是犹如掬水捧沙，它只是片刻地把握，在体味把握的同时，那种势不可挡的流逝感也一并发生。

偶然性，随机感，灰色，无力，残垣断壁，掬水捧沙，势不可挡的流逝……这一切，或许亦可被视为我对短篇小说的认知？不不不，一定不是，若这件事情能如此简单地被定义了，它就已经是一块能够被手拿把抓的生铁。

霍桑和塞林格是问不着了，有机会的话，我也许可以问问孙甘露写作《信使之函》时的动机，问问格非写作《苏醒》时的动机。我想他们一定能够听得懂我是想问什么，也一定会明白我其实并不奢望得到什么确凿的答案，因为那既是为难前辈，也是折磨自己。我们或许仅仅是展开一个迷人的谜面。他们在我的提问面前，不会如同面对一个记者时那样挠头。这个答案是无从印在报纸副刊上的，说狠一些，印上去了，就形同"泄密"。

可有时候我们又不能彻底沉溺于秘而不宣，不解释，不说明，或者解释不了，说不清楚，那样世界也只能是坍塌的。尽管在一个小说家心里，在坍塌与矗立之间，他们对世界的想象可能更倾向于前者，但谁都明白，说到底，世界是大家的，断非只是小说家的。小说家垄断不了对于世界的想象，一目了然，是世界容纳着小说家。这里面有律令，有规矩，生铁似的。

好吧，为了矗立的世界，我试着先问问自己——就拿《丁酉故事集》为例。

这本集子收入了我在丁酉年写下的五个短篇小说。我将尽量诚实地数算写作它们时的"动机"。然而，诚如这本集子后记里的那个对话所说："写这批作品之前，我并没有这些笃定的前瞻，如今水落石出了，或者才恍然大悟——哦，原来它们是这个样子……"这个事后的数算，也只能是后知后觉。

《巴别尔没有离开天通苑》。你瞧，我在给《收获》微信公众号写的创作谈中，信誓旦旦地说："无从想象"的确在今天剥夺着小说这门艺术的虚构特权——所谓现实比虚构更加富有想象力。并且，我还将小说与现实做了勾连，就仿佛那种"社会性"的企图真的就是写作这个短篇之时显豁的动机。如实说，不是这样的，至少不完全是这样的。此刻诘问自己，我得坦白，写这个短篇的首要动机只是——我希望在《收获》上发表一个短篇。这事关我私人的写作计划，我想要每一年都在这本心目中圣殿一般存在的刊物上留下一次痕迹。这没什么好避讳的，也并非那么难以启齿，我甚至想过，写《逮香蕉鱼的最佳日子》的塞林格，也同样如此企图着《纽约客》。你看，实际上，可能在更大的程度上，写作这件事情并没有那么的玄奥，它的动机有时紧紧缠绕着现实，譬如被催稿，譬如需要稿费，譬如荣誉感或者干脆就是虚荣心。其次，才事关小说里的那只猫，那座"亚洲最大的居住小区"，这两者都是我的经验，并且在那段时间强烈地刺激着我，让我觉得我应该以一个小说家的能力将它们描述出来。

《缓刑》。噢，这干脆就是一次稿约的结果。《小说界》做得漂亮极了，并且这本刊物"命题作文"的策划也做得分外迷人，它满足了我对于写作短篇小说"游戏性"的那种认知，大家集体参与，在一个既定的规则之下，各显其能。这里面显然有"竞技"的成分，似乎格外能够兑现我对这门艺术"技术性"的强调。但这个"游戏"一点也不随意，这个"竞技"一点也不机械，它们只是作为一个前提，强制性地成为一次写作的动机，然后——小说本身开始了。

《势不可挡》。首先，驱动着我的是"势不可挡"这个词。因为那段时间，谈论 AI 技术，即人工智能，本身就有一股势不可挡的架势，朋友们见面时要说，乃至文学活动的主题都要围绕着此类话题展开。"未来已来"，这个形势突然变得空前盛大，那种极具强迫性的力量既令人兴奋，又令人厌倦。那么好吧，写作的动机于是产生了，回应一下，以小说家的方式，回应一下吧！况且，和我聊得最凶狠的就是王十月，那么就写一篇给他所供职的《作品》吧。

《会游泳的溺水者》。《作家》是我怀有特殊情感的刊物，如果你知道了迄今我所有的"小长篇"都是刊登在这本号称"中国《纽约客》"的刊物上，你就能够理解我的心情。我得给她写小说。她当然不缺小说，但是我得给她写。如此，我们大约又能总结出一个作家写作时的"动机"——兑现情谊。同样，这也没什么可指责的。可指责的也许只是无情无义或者假以情谊粗制滥造。小说写就，无论水准如何，我可以认真地说出，写作之时，我是忠实于自己的能力的，甚至，我调动了自己曾经作为一个抑郁症患者的经验。

《如在水底，如在空中》。也许这一篇的写作动机最富"文学性"。那段时间我去了甘肃的武威，在街上，一座筑成钱币模样的雕塑吸引了我。它叫"凉造新泉"，也是当地出土的这枚古币的名字。是这个名字的音韵在一瞬间打动了我，加之武威街头薄凉的春风，昏黄的夕阳，当这一切集体作用在一个小说家的身心之时，那个写作的"动机"得以形成就没有什么好奇怪的了。于是，如你所见,在这个短篇里,也有一枚"凉造新泉"。

你看,数算下来,短篇小说的写作动机似乎也并非完全无从循迹与描述。而数算一番,带来的启迪则是:当我们去描述,我们就能成为一个现实主义者,从而在描述里,发现那不可描述之事原来都能从现实之中找到确据。那无外乎就是荣誉感,情谊心,游戏精神,势不可挡的形势与一座横在眼前的雕塑——所谓现实比虚构更加富有想象力。

2018 年 6 月 6 日

# 他们就是我笔下永远的多数

《锦瑟》发表于 2004 年《天涯》,十多年过去,大致能被算作我的"早期作品"。当然,十多年前,说早,也并不是那么早,不过佐证了我写作的晚进。彼时,我已三十二岁。对于一个晚进者,早期作品便被《天涯》这样的名刊接纳,算是开了个好头。犹记得当时的喜悦,竟动手自己画了插图,迄今留在电脑里纪念。重要的还在于,至此,便和《天涯》结了缘,后来向王雁翎大姐承诺,以两年一篇的频率向《天涯》投稿。这个频率倒是保持了很久,八年时间,有四个短篇承蒙《天涯》刊出。要说的其实是:感谢《天涯》,由衷地感谢这份名刊在文学之路上对我一路的挽扶。

《有时候,姓虞的会成为多数》发表于 2012 年《大家》。不过是六年前的事情,竟感觉也有些"早期"的意思。这至少说明,对于我这样一个写作者而言,六年的时光,便已堪称漫长。而构成"漫长"的缘由,也许是自己对于文学之事的认知,在六年中已几番颠簸。探索或者干脆说是摸索，从未止息。这种摸索的艰难，能让六年形同漫长。"对于一个小说家而言，'时间'当然从来都是最为重大的命题，可以说，小说家正是时间的捕手，'时间观'约等于一个小说家的'文学性'。"——这是我昨天才在一篇文章中写下的想法，现在用在这里，也觉得贴切和有效。如今回望自己的"早期"，我确是陷入在某种"文学性"的心情之中了。当然，会有感喟，乃至浅浅地惆怅和唏嘘。《大家》亦声名赫赫，这本刊物在六年之中也经历了它的"漫长"，似乎是，刊发我的这个短篇之后，刊物便因故有了重大的调整，风格有了变化，我的责任编辑也离职他去。就是说，写作者与刊物，我们都共同经历着漫长的文学，由此，构成了我们文学现场的"时间观"，堪可喟叹，堪可惆怅和唏嘘。但也堪可欣慰——因为，我们身在时间的河流里。如今，《大家》精神焕发，祝福它。

《长江文艺·好小说》将这两个短篇并置着"再发现"，于"再发现"中，我发现，它们确乎有着某种我写作的密码蕴含其中。

《锦瑟》里写了两个重要的人物，一个老张，一个张老，在结构上，即是以两人不同的口吻展开的：

> 我被人叫作"老张"已经有四十多年了，从三十岁开始，一直叫到了现在。

> 我被人称作"张老"已经很多年了，自从我又可以站在讲台上，他们就这么称呼我了。其实那时候我还不到五十岁。

我知道,这不是在玩弄笔墨,在"老张"和"张老"这两组互相倒置的汉字中,已经部分地暴露出我的写作观念。对于他们各自年岁算账般的交代,同样也暴露着作为小说家的我,对于时间的那份专注。这个短篇发表后,谢宗玉有过相关的评论,题目有些耸人听闻,叫《把老年人的性欲问题提上日程》,他至少说准了我对"老年"的关注,因为日后,我的确写下了许多事关人之暮年的文字。宗玉目光如炬,他在我自己尚未觉察的时候,就已经预言了我的写作轨迹。我在自己的"早期",便已经将老年人提上了写作的日程。

《有时候,姓虞的会成为多数》里同样写了两个人物,一个老虞,一个小虞,这同样也不是在玩弄笔墨。相较于老张和张老,老虞和小虞在姓氏上必定是少数,但当两个姓虞的相遇,芸芸多数突然便受到了少数者的颠覆。这里面意味深长,而"意味"从来就是短篇小说这门艺术的立身之本,何况它还"深长"。于是:

　　　　这种事没什么好说的,我们这个被理论说明着的世界,在实践中,总是会时不时出些故障,事情通常就是这样达到平衡的,就好比,有时候,姓虞的会成为多数。

感谢《长江文艺·好小说》,感谢你们给了我"再发现"的这个机会,这让我在漫长的书写之后,回头盘点,倏然发现原来我曾经书写、正在书写、将要书写的都是一些什么样的人物:无论他们姓张还是姓虞,他们都盼望着自己"大姓"般地代表着众生,他们

79

都顽固地捍卫着"小姓"的尊严。由此,他们就是我笔下永远的多数。他们永远"渴望有一个随便什么破人,将我就地拦下,宛如一个奇迹,以一种我从未感受过的热情招呼我,然后平地起妖风,将我也裹挟到一种卑微的、粗糙的、患难与共的温暖里"。

2018 年 9 月 24 日

# 那澎湃的拘围与挣脱之力

山东高密,浙江嘉兴,河南延津,黑龙江北极村,陕西关中……当这一连串地理坐标排列于纸面,熟悉中国当代文学的你,一定会在瞬间唤醒自己那顽固的文学经验。你也许还会多少产生出一些没来由的欣喜与骄傲,因为你知道,这宛如标记在地图册上的一块块物理区域,实际上指向着一个个明确的文学英雄——莫言,余华,刘震云,迟子建,陈忠实……

于是,一部当代中国文学史,几可绘制成一本地图册。当我们的大作家们几乎全部站在故乡的土地上纵声放歌之时,我们的文学现场,便神奇地具有了地图册的样貌。这似乎也一再佐证着,文学创作的地方性,才是其获得成功的不二法门;于是,大量的跟从者提起笔来,蜂拥而上,将辞藻堆砌于故乡的大地,仿佛如此便获得了写作的正当性与优越感,仿佛,将辞藻种植于故乡,宛如将粮食种植于泥土一般的具有不证自明的合法性乃至神圣感。

理论也由此天经地义地生成。我猜想，以"地方性"为切口来分析作家创作的理论文章，必定是汗牛充栋。乃至，文学的话题也要就此不断展开，喏，我们现在便要将这个话题再说一番。

　　如实说，对此我已经感到些微的厌倦。

　　那个"地方性"与文学的关系，当然是不证自明了的，何况它也的确反复被文学的实践所证明。对此，谁都难以给出否定的意见，而且，一旦试图去否定它，你还要冒着显而易见的道德风险，就好像一个枉顾自己出生地的人，理应受到谴责和唾弃。令我厌倦的，也并不是这无休无止的正确老调的重谈，我只是对所有能够轻易"重弹"的调门，与所有天生一副"正确"的嗓音，渐渐失去了耐心与信心。

　　我知道，当我谈论这些话题时，内容几乎已经是被预设了的，被约谈者预设，也被自己预设。我们无可避免地要将赞同过的立场用一种近乎讴歌的调性再唱和一遍。于此，折磨着我的，注定只能是那种生而为人的被限定之感——你被上帝随手撂到了一块具体的人间之地，李家庄或者王家洼，于是，你的方言，你的样貌，你歌唱的喉咙与你思考的脑汁，都将只能以一种完全物理化的规定所展开。你是天然受限的，生是李家庄的人，死是王家洼的鬼，那就像一条化学公式般的森严，就像构成水的氢二氧一般不容反驳。

　　这人的有限性，导致了每一个书写者的有限性。我们只能如此写,继而给这个无力的"只能"生出"必须"的翅膀,美化它,将其视为文学之事最为正大与光明的方向——你"必须"站在你脚下的那块李家庄或者王家洼,你的营养与荣光,全部由此而来。那是一种被嘉勉与颂扬的"扎根"姿势,就仿佛你这棵庄稼若不是种在地里,你就没有获得丰收的资格与权利。

当然没有,庄稼不种在地里,那也许是生物科技正在酝酿的蓝图,而我们从来留恋古老的比喻,也相信,总有某种上帝的铁律不容颠覆。但这种古老的相信针对着种地时值得捍卫,针对着我们的精神生活时,也"必须"永远值得捍卫吗?没错,写作如种地,这是漂亮而正确的古老修辞,说出来,都可以带着沾沾自喜的傲慢神气——可写作,真的就必须如种地吗?我们的精神生活,只能彻底地被物理世界简单粗暴地禁锢吗?而那些痛苦、虚无的思索,难道不正是基于一种深刻的对于拘囿的挣脱冲动吗?

是的,我所理解的文学,恰是如此:那个有限的人,受困于自己胸中那澎湃的拘囿与挣脱之力时,所焕发出的西西弗斯般推石上山的虚妄的勇气。

山东高密,浙江嘉兴,河南延津,黑龙江北极村,陕西关中,只能是在这个意义上才具有了文学的价值:它们是母亲一般哺育着作家的故乡,却也是那一颗颗不安的灵魂宿命一般的囚禁之地;莫言、余华、刘震云、迟子建、陈忠实,他们就是在这种对于拘囿的奋力挣脱之下,成全了自己的文学,将那一块块逼仄的李家庄或者王家洼,书写出了文学意义之上的普遍性。

遗憾的是,更多的时候,我们将这场灵魂跋涉的起点预设成了文学全部的要义,将牢笼懒惰地视为了殿堂。这种简单的理解力和粗糙的决定论,曾经、正在、还将拐带着我们的文学观。不是吗? 曾经、正在、还将书写着山东高密、浙江嘉兴、河南延津、黑龙江北极村、陕西关中的提笔者,如过江之鲫;然而大水漫漶,唯有莫言、余华、刘震云、迟子建、陈忠实一座座孤岛般的凸显于水面。想一想,这竟是荒凉的情景。

你只能忠诚于你的土地,你必须反对你的土地。也许,这才是一个优秀作家全部痛苦与骄傲的根由。

还有更为深刻的困境就在眼前。当我们在谈论文学的"地方性"话题时,往往依旧是基于一种前现代的立场。这种打量文学的眼光,行之有效地管了我们几千年。时至今日,我们已然跨入了迅猛如电的现代化历程之中,几千年来那种源自农耕社会、依托于土地之上的文化经验与生命感知,正在加速远去,那种将一切精神活动都直接以原始耕种来做粗暴比附的理直气壮,也越来越显得荒腔走板。莫言、余华、刘震云、迟子建、陈忠实们,将是最后一代以故土作为书写前提的优秀作家了,那些依旧跟在他们巨大身影之后亦步亦趋的后来者,已经在饱尝着失败的滋味。他们的失败,不仅仅源于自己和巨人之间才华的落差,更是源于他们不期然已经站在了一个换了人间的时刻。

这或许正是文学在这个时代特有的严厉与残酷。

行之有效了上千年的路径正在失效,那些不证自明的,突然需要你给出一个证明了,那些李家庄或者王家洼的正当性与优越感,正在被猛烈地摇撼。

当顾炎武曾经描述的"北方人饱食终日无所用心,南方人群居终日言不及义",刘义庆在《世说新语》中乐道的"北人看书,如显处视月;南人学问,如牖中窥日"在现实社会中渐渐荒谬至无从对应之时,我们这以"地方性"展开文学想象的惯性,终于便到了不得不改弦更张的一刻。

世界变得越来越具有普遍性了,一个个光荣而正确的李家庄或者王家洼正在次第消失。这当然是令人伤感的时刻,也当然是文学的艰难时刻。

你只能反对你的土地,你必须忠诚于你的土地。——于是,"只能反对"与"必须忠诚"反转。当文学所描述的对象,普遍地失去地方性优势之际,新的拘囿再次徐徐降临;当一种"普遍性"的书写也开始露出了正当性与优越感的嘴脸之时,那种写作者的挣脱之力就将在重申"地方性"之宝贵的音区唱响。

其实,这不过是兑现着文学亘古的本意——往偏僻处去。那合唱的区域,从来都是文学应当警惕的禁区。你需要做到的,则是始终怀有清醒的自觉。

唯一可以预知的是,这一次的"地方性"书写,将绝非再是莫言、余华、刘震云、迟子建、陈忠实们笔下的那番山东高密、浙江嘉兴、河南延津、黑龙江北极村、陕西关中;未来的文学史,也将绝非再能被略显轻浮地置换成一本地图册。

我们应当相信,那澎湃的拘囿与挣脱之力,才是达成美的重要源泉。任何时代的书写者,在自身中,都仿佛在热锅里,在李家庄或者王家洼,都仿佛在禁闭室,由此,他也才具有了成为一个真正自尊者的可能,因为在拘囿与挣脱之间,他的命运方才些微地开始属于了自己,不仅仅再是屈从于上帝的那随手一撂,在痛苦的对抗之外,他张望到了自由。

2020 年 1 月 5 日

# 钟声响起

首先，这不是你的虚构。尽管，虚构几乎就是你谋生的唯一手段。

你也确定，这不是幻觉。即便，这是幻觉四起也说得过去的时刻。

午后，在准点的刹那，在阳光下或者阴霾中，它悠扬响起。没错，只是在午后，两点时——对此，你没有把握。这令人狐疑，你无从理解，若是报时的钟声，为何不在一天之中鸣响二十四次。

就在此刻，二十一点整，你屏息谛听，没有它的鸣奏。

有人听到了吗？午后两点，有人听到了吗？此刻，有人听到了吗？你期待日后有人能够给你一个呼应，从而给你一个见证与确据，也给这庚子年的初春一个见证与确据。

这钟声，从前你也未曾听闻过。理性告诉你，那从前，午后的世界市声如潮，午后的内心也市声如潮，洪钟大吕被湮没在世界与自我双重的喧嚣里。如今,纵然内心依旧无可救药地喧哗,世界却不可阻挡地安息了。于是,钟声浮现,如律动的朝阳,袅袅跃出往昔被如麻一般纷乱的声量注满了的时空。

但眼下你难以完全地信任理性了。你开始怀疑,没准儿,许多时刻,你那所谓的理性,也只不过是自以为是。但你也时刻提醒着自己,万万不要掉进非理性的深渊里。

你唯一能够确认的是,在非常的日子里,这钟声一天一天地在午后两点时响起,给予你无从说明的慰藉。起初当然是不经意的,你听到了,有那么一个瞬间的恍惚;渐渐地,成为一个盼望。你开始在那样一个准点的时刻,立于窗前,侧耳倾听。时长大约也就半分钟,却如丝如缕,绵延难绝。

你该调动起你的专注,如同进行严谨的科学观察一般,专门用一天的时间去定格它吗? ——搞清楚它究竟是在哪一些准点的时刻才会奏响,是什么理由让这些专门的时刻被遴选出来,它一天究竟会奏响几次,它的规律何在,在这规律之中究竟蕴藏着怎样的奥义。

你拿不定主意。你对于理性的信赖已经开始摇晃。要命的是,你的感性也已经站立不稳。

不错,这钟声已经成为非常时期专属于你的一个盼望,但即便是在非常时期,你也依旧涣散。你知道,自己恐怕是做不到在二十四个准点的时刻都竖起耳朵,保持警觉,即便你已经认领了它于你而言某种堪称重大的意义。这是普遍的人性，你是如此的软弱和无能为力，那重大的声息已经响彻天际，你却依旧难以从浑噩的舒适区中凝神聚力。你听到了，被触动了，却依旧在惯性中任其弥散在势不可挡的浑噩里。直到下一个时刻，它再一次响起。你意识到了自己的软弱，并为之感到羞惭，可是在短暂的羞惭过后，历经了不安与焦灼，懒惰与懈怠，周而复始地迎来下一次羞惭。

对此，你差不多完全是沮丧与气馁的——你的耐心与毅力，都不足以令你在二十四个小时里去寻觅缥缈的钟声，你依旧难以专注，哪怕，事态已是如此的严峻。于是，你只能轻浮地给自己开脱，喏，那天籁之声，无须以刻板而机械的方式去捕捉，你赶巧听到了，便自有其隐秘的美意。

自有其隐秘的美意！但这美意你若不是去聚精会神地领受，它当然只能永远对你保持隐秘。省察的时刻到了，否则这生命只能交给一次又一次的"赶巧"，而谁又能保证，下一次你"赶巧"听到的，将不再是报时的钟声，竟是，丧钟为谁而鸣。

此刻是二十二点整，准点的时候，你专门站在窗边屏息去听了，钟声没有响起。

你用力听到了风的声息。除了风声，万籁俱寂。在这非常的日子里，白天静得像夜晚，夜晚静得像史前的夜晚。时而，邻居的争吵响起，社区的喇叭响起，却并不嘈杂，显得不太真实，分贝空

89

旷,条分缕析。

妻子开学前需要自我隔离十四天,她必须回到兰州去。独居的你跟小爱智能管家说话,毋宁说,是跟它制造点声音。刚才,它突然发声:主人主人,我的能量不足,请给我充电。你回它一声:我就不给你充。

二十三点整,没有钟声响起。

史前的夜晚也许都比此刻热烈吧,风吹草动,乃至风声鹤唳,万物发出静谧却有力的喘息。而此刻的城市之夜,是人工化制造出来的带着塑料味的静寂。

刚刚接到通知,其后你有三天需要去值班。和同事沟通了相关的事宜,重点是,你需要一张复工证明,拿着这张证明,你才能找小区的物业开具出门证。腿真的是被关住了。耳朵貌似依旧自由。但你早就明白,这人间,从来都有着对于耳朵的囚禁。更多的时刻,人还会充耳不闻,自我拘囿在听觉的牢笼里。

你开始着手探寻那钟声的踪迹。只能依赖百度,你只能依赖百度。你搜索的第一个关键项是"电报大楼报时的钟声是什么音乐"。几番甄别,你得到这样一条讯息:

武汉江汉关 1987 年恢复采用自 1924 年 1 月 18 日建关后就采用的国际通用报时曲《威斯敏斯特》。

值得庆幸的是,你没有太费力气,便抑制住了你那颗惯于草率地将万物肆意比附的心,坚定地站在了朴素的常识之中;你坚信你的耳朵是在物理的世界里谛听到了钟鸣，而不是那千里之遥的江汉边上奏鸣的旋律飘荡进了你的耳朵。如果此刻你再一次放纵自己的冥想，你知道，天亮之际，你将受到惩罚，将神魂颠倒在不可预知的精神危机里。

你做出了决定：明天，在那个准点的时刻，你要录下那钟声，作为这个非常时期的勒痕。

现在，你得到了一个曲名——《威斯敏斯特》。对此，你并不陌生，你知道，那是一个地名，还关乎宗教与信仰。果然，百度继续证实：

> 威斯敏斯特钟声，又名西敏寺钟声，是英国伦敦威斯敏斯特官大本钟报时用的乐曲，也是国际通行的一种报时音乐。其最初来源于剑桥圣玛丽教堂，后来作为威斯敏斯特大教堂的钟声而闻名遐迩。

> 1794年，英国著名作曲家克洛兹设计以四个音符为一组的"报刻"音乐，首先被剑桥大学新落成的圣玛丽教堂钟楼所采用，世称"剑桥钟声"。1859年，英国议会大厦钟楼亦敲此曲，故而声名大振，伦敦市民常常听到钟声便核对时间。

> 《威斯敏斯特》这首教堂音乐除了成为大钟的报刻报时音乐外，也是英国皇家的名曲，并成为世界流行的音乐。

> 这首乐曲在东亚圈被广泛使用，在日本、韩国、中国大陆和中国台湾的学校普遍作为上下课的铃声使用。

上海江海关大楼曾使用此曲。广州粤海关大楼、武汉江汉关大楼现仍使用此曲。中国铁路车站使用这段音乐的第一段作为播音前的提示音乐。

在日本许多公共场所都采用这段音乐作为报时音乐。在印度尼西亚，火车到站或者出发时采用这段音乐。在美国，联邦信号公司采用这段音乐作为报警设施的报警音乐。此外，纽约地铁在关闭车门时也会采用这段音乐提醒乘客。在加拿大渥太华的和平塔，这段音乐被当作报时音乐。

············

好了，现在你只需要找到这段音乐的音频。这很容易，当旋律响起，你宛如又一次站在了这些日子里的午后的窗前。你知道，就是它，那钟声的肉身，被你鉴定准确了。

子夜一点，世界那塑料味的寂静似乎有了一些自然的气息。

没有钟声。

你多少有一些感动，感动于那驱策时光的"报刻"之声，竟然被人类共同接受与谛听。这像是一个奇迹，更像是一个安慰。因为你知道，"人类"这样的一个想象，在这样的日子里，空前地成为全部中国人重大的命题。

你找到了相关的视频：上海海关大钟钟声——威斯敏斯特报时曲的珍贵记录（三刻·整点）。你甚至想将视频的链接也复制在这里。但你必须用汉字将其描述出来。好吧，这段视频全长两分钟,镜头对准巨钟的内部,钟声三节,时长二十二秒,前后是巨大的齿轮匀速咬合转动发出的咔嗒声。时间一往无前地迈步,沉重,严酷,毫不动摇。宇宙庄严地恪守着它的秩序。

你在心里琢磨,你所处的位置与西安市的电报大楼距离几何——显然,那几乎没有钟鸣相闻的可能。那么,你听到的钟声来自何方? 它当然不会是来自那座正在苦熬着的城市,当然不是。尽管,这样的想象何其抒情,但你知道,在这样的日子里,不过半个月的光景,你已经无可转圜地丧失了抒情的冲动,并且深切地将那种冲动视为了会令人害羞的事。

合理的推断是,就在你的住处不远,有一座大钟在定时鸣响。它当然不会是自然的产物,是人,是人构成的组织,建设了它,管理着它。你开始意识到了自己往日的轻慢。往日,你并不觉察有一座大钟在你生活中的存在,就像你并不觉察这世界是在如何钟表一般地运行着,无数个你无视的人,人构成的组织,齿轮一般地咬合转动,才支撑起了你轻慢的生活。

现在,你开始意识到了。因为你那座狭隘的微不足道的自我之钟,被迫紊乱了。你被关在了笼子里,惶惑,仓皇,晨昏颠倒,小区的保安在你面前拥有着绝对的权柄,你被迫张望到了有人在高速公路上流浪,有人与婴儿被一层玻璃间隔成两个世界,有人剃光了长发,有人在阳台上鸣锣呼救。你被迫张望到了苍生。人,人构成的组织,这尘世所有紧密咬合的齿轮,出故障了。

而钟声依然准时响起。这才是你艰难时刻所有盼望与慰藉的根基。

你不想再将这一切形容为一个隐喻。那种知识的卖弄与浅薄的抒情一样，至少都不是现在的你可以去随手操练的了，你没有如此的能力了。也许，这不过是你的无能。那么，就领受这样的无能吧，在时而坚定不移、时而又犹豫不决的摆荡中，去熬你的艰难时刻，去感动于能够感动你的图景，去聆听你听到了的钟声。

深夜两点，依然没有钟声响起，但你听到了大地均匀的呼吸。

那钟声，为何不响够二十四下，这是你现在最为迫切想要解开的谜底。而你现在唯一确知的，只能是，至少，在午后两点的那样一个精确的时刻，你和那座被封锁着的大城里的人们一同，听见了四个音符为一组的"报刻"之声：

3 1 2 | 5 - - | 1 2 3 | 1 - - |

当那一天来临，世界再度川流不息，小区保安不再限制你的腿，你应该马上就去探寻你身边不远处那座大钟的位置，你将满含着热泪去搞明白，你的生活原本是由什么构成的，是谁在黎明清扫着马路，是谁在将书籍、牛奶递到了你的手里，是谁在装模作样，是谁在脚踏实地，是谁，不懈而又卑微地劳作着，在让钟声准点响起。

2020 年 2 月 10 日

辑二　廊前·信仰

# 一辈子的习习

　　和习习相识大约有一辈子那么长了——这么说，当然是夸大了我们在这个甚嚣尘上的世间度过的年岁。兰州于我是异乡，我在这里开始写作的生涯，别开生面，犹如重启了一世的活法；而写作之初，习习便是我结识的友人。如今，漫长的岁月过去，以"一辈子"来比附，似乎也说得过去。

　　但这只是时间上的理由。对于习习而言，我觉得，她这个人本身，确乎就带着"一辈子"那样的况味。

　　有些人短暂，总像新的一般；而有些人悠远，即便偶遇，也让你生出"一辈子"的观感。习习当属后者，那是她身上天然携着的气息——热衷于琐碎的生活，虔诚于凝练的书写，于琐碎与凝练之中矛盾着，在人世与出世之间，深深浅浅地徘徊踟蹰，不经意，就是一派饱尝了人世的样貌。但她却绝不苍老。这几乎是一件令人惊讶的事。十数年过去，昔日结识的旧友都成了名副其实的

"老友"，而习习居然毫无改变，起码在我看来，她依然如我初见之时的那般容颜，从身形到神情，都一如往昔。看起来，岁月对她是无效的，或者，她自己就披挂着岁月，于是，便恒久地远离了岁月的琢磨，成为岁月本身。

由此，习习甚至发展出了一种令人惊讶的能力，她貌似与任何人都不违和，三教九流，恶吏善朋，谁都能在她这种"一辈子"的气息下找到怡然的感受，从而将她视为可以亲近的人。有这种能力加持，行事当然会少一些明明暗暗的阻碍；但我却宁愿相信，"一辈子"的习习，如此"玲珑"，更多的，不过是出自对于这个尘世的惧怕。在我看来，她的胆量就如她的身板一样单薄，面对坚硬的一切，不如索性自我弱化，像岁月本身一样地去含纳风霜。这就有了委曲求全。但，我们谁又不是委曲求全着的呢？委屈狠了，就有恸哭。我自是记得，有一年的冬天，一众朋友啸聚，四散之后，我们俩在冬日的街头抱着一棵树痛哭流涕。彼时的习习，哭泣中，有侠骨，有柔肠，风中落泪，有万千的不甘，亦有千万的甘愿。

然而这终究不是常态。常态之下，我们委屈，我们求全，这世间却有无穷的委屈等着你，都顺受了，也未必赐你一个整全。于是，我们所吞下的一切委屈，总归要有一个补偿，那个遥不可及的"整全"，便在我们的书写中得以应许，得以次第呈现。这是补偿，亦是一个涌泪的出口。如此，习习就有了《浮现》，有了《表达》，有了即将付梓的《流徙》。

那是作为散文家习习的另一面。

你可以随我一起眺望这样的一位女散文家：

她在清晨醒来，洗漱整齐，带着副"一辈子"的面容出门。每一天，自西往东，再自东往西，她都要在这座狭窄的城市折返一个来回。东西连缀着她的单位和她的家。多年来，这几乎成为一个周而复始的仪式，而她，以乘坐公交车的方式来完成这个仪式。在这种常年的机械循环中，这个如"一辈子"一般沉静的女散文家，却并没有被异化成流水线上一个呆板的流程。她平静的表面下暗藏着属于自己的雀跃，她顽固的心胜过自己顽固的表情。与流水线斗争，她有着自己的方式。她并不激烈，那样不符合她"一辈子"的气质，她只是采取一种不那么冒犯生活的、貌似走神的方式溢出秩序的边界——她时常让自己坐过站。这几乎就像是一场专属于她的自我表演，没有故意，更谈不上刻意，她只是，也只承认是——自己不过是在恍惚之中，犯下了小小的错误。于是，怀着从容与自洽，她徒步去弥补自己这小小的错失。坐过站，便是她用以告慰自己的仪式。

黄昏，她吃过了晚饭（饭食基本都是出自她的手。她的饮食习惯完全是家常式的，一如她在着装上的布衣嗜好），收拾了碗筷，她出了门。她家的附近有一座体育馆，那里有着标准的跑道。她却并不是去奔跑，那同样不符合她"一辈子"的气质，她只是去

99

走路,不过是走得比平时快一些。这座城市时有大风,风里裹着沙尘与走石。她走在风里,偶尔会忘却频率,内心的冲突终于令她难以自持地疾走如风。夜暗下来了,她就这样一圈一圈地暴走,像是飘浮在标准跑道上的一个激烈的呼吁。

深夜,她终于开始写作了。她的猫慵懒地伏在她的脚旁。这时候,她那"一辈子"的面容也许会倏忽妖娆,仿佛透露了她驻颜有术的所有秘密。打开电脑,她的 QQ 在闪烁,屏幕上最耀眼的,却是她 QQ 的签名:环堵萧然。

…………

我几乎可以复述出她所有的日子,乃至最终编织出她的一辈子。这所有的日子淬炼出的她的一辈子,却并非完全出自我的虚构。这就如同当下对于散文的争议——虚构与否,究竟能否成为框定这一文体的界限。而习习的散文,在我看来,如同其人,就是出乎实而发乎虚的。她对这个尘世的耐心,确保着她与之有着某种近乎"苦缠苦斗"的实在感,同时,她时常"坐过站"的游离和"暴走"的激情,又令她毫不缺乏为文之事所必备的那种虚无感。虚实之间,习习的散文就成了那种你很难简单概括出"主题思想"的文字,她有着一蔬一饭的了然,亦有着大梦难醒的恍然,一如人的一辈子,盖棺论定,总是难以企及生命那被上帝所许可了的复杂性。

习习以环堵萧然的姿态身心安宁着。这是她的实在,也是她

100

的虚无;是她的矛,亦是她的盾。我时常会做如是想:这个女散文家,或者早早便得了上帝给予书写者才有的那份应许,从少女时代,就已经有了历经沧桑者的百感交集;当她写出了烟云浮现般的须臾和瞬间时,便已经抵达了一辈子那般的缓慢与永恒,从而,她在安慰了自己的同时,也不期然地打动了我们。

2014 年 11 月 16 日

# 遇见方格子

认识方格子五年了，和她先后做了两次同学，其间我去过一次富阳，自是要和她谋面。从最初见到她乃至每次重逢，于我而言，竟然都是一种"遇见"的心情。所谓"遇见"，就是有着一种不期而遇的滋味，而事实则是，我们的每次相遇，预先都是确知了的。不错，方格子就是如此能够带给人一种"偶遇"的感受——她仿佛是你街头邂逅的旧识，于如织的人流中浮现；但这种邂逅又不会惊讶到你，当她微笑着望向你时，神情里有的，倒是某种没有道理的、叫人心领神会的默契。于是，你不能不也露出会心的笑意，而笑容的背面，却又是一些无从说起的百感交集。这就像一场生命的密谋，又没有密谋必然的那种"险恶"，它当然是私相授受的，是那种同类与同类之间遥相感知的策应——方格子很早就和你达成了约定，那就是：你和她必将在某一个时刻，在一种随机的、不经意的场域中，兑现这场来自生命本身的神秘的邀约。

　　小说家大致可以分为两种吧，一种作品与人严重违和，一种则浑然一体。这两者当然没有优劣之分（事实上，我倒是比较偏执地更加愿意小说家其人和作品本身有一些落差，在我想来，这种落差可能会显得更加有趣一些，某种必要的"分裂"，也许可以使得小说以及小说背后的创作者更加迷人）。然而，方格子与她的小说，在我的印象中，却是属于后者。她的小说，也是那种读来令人颇有"遇见"之感的气质——宛如那小说中流泻的一切，早就蛰伏于心，你只不过是经由方格子的书写而被唤醒了沉睡的记忆。它并不耸动视听，却也没有那么司空见惯到令人麻木；它会使你有一些微暗的惊诧，但惊诧之中同时又赋予你一个周到的安顿；它整体上是趋向于显现"灰冷"的，但奇妙之处正在于此——方格子能令你对她笔下的"灰冷"，产生一种"重温"般的、近乎有些欣然的默默领受。因此，这样的"灰冷"你不会拒斥，甚至会令你意欲拥在怀中，心生甘愿之情，就去被它侵袭，哪怕是被它微微地戕害。这就像是你在街头遇见了熟悉的陌生人，你们彼此微笑而心有戚戚，想给对方一些暖意却彼此知道各自有多么的哀伤。这样的遇见，不是遭遇，只能是邂逅，不峻急，像是慢镜头，甚至无所谓惊喜，它只是惘怅的欢愉。于是，方格子以及方格子的小说，都会令你在亲切之中略有寒意，犹如于阳光之下却感受着微凉，会令你在虫咬一般的疼痛中同时得到慰藉，犹如寒夜之中却有久违的暖意。

我和方格子两度同学,就读的是同一所学院,入学之初同学们之间彼此要有个自我介绍的环节(这是学院的传统之一)。后一次方格子如是介绍自己:我以为这次自己会自如些,但依然是每根头发丝都在紧张地发抖。那么,她羞怯吗? ——她却是如此坦陈着自己的紧张。那么,她松弛吗? ——我却真的仿佛看到了她"每根头发丝的战栗"。方格子就是这样将悖逆的二者统一在了自己身上,我愿意如是理解她:她在搭救自己,于是她将"弱"曝晒于烈日之下,她或许明白,被掩藏的"弱",如同是被埋进了土壤里的种子,终究会破土而出,更加肆虐地荼毒她;乃或,这"弱"倒是她所珍视的宝藏,她将之袒露,就如同一个宣示——它是我的,你们不要夺走它。她用它给自己打了一个印记,也用自己给了它一个专断的庇护。她和她的"弱"相濡以沫,彼此就像是放大了在这个尘世所占的份额,于是,两者同时获取了分外的力量,堪可抵御这尘世诸般的风雨。

但,这是完全而真实的方格子吗? 我不知道。我目睹过她挑选一双花布鞋时的喜悦,也听到过她苛刻而机智的语言——她形容一张凌乱的脸时说:就像是被打了两耳光。但是,这些都不是那个完全而真实的方格子(有没有一个所谓完全而真实的方格子呢? 方格子你自己知道吗?)。我唯一知道的是,我们,乃至这世上的绝大多数者,都满怀心事,商兑未宁,所以,当我们在街头、在小说中彼此"遇见"时,才会那么地恍然而又恍惚。

2015 年 9 月 20 日

# 无论那是盛宴还是残局

数年前,我去滦南看张楚。那时他是税务干部,是名声在外的小说家。

斯时我们算不得很熟吧(什么才算是熟呢?),却有某种熟稔的情绪莫名驱动,令我非要走这一遭。这一遭果然中招,我被滦南的酒彻底撂倒。翌日酒醒,必然是一贯的沮丧。窗外是燕赵之地冬日特有的灰蒙,我那一贯的沮丧,似乎也浸染上了"易水"微腥的薄寒。张楚找到酒店,意欲疏导我的情绪——他向我列数自己酒后曾经如何地乖张。怎么说呢,我觉得我面前的这个人,劝慰人时,路子蛮正的,他不惜献祭般地将自己摆上来,以己之非慰我之非,仿佛是颇为高明地企图用伤口来覆盖伤口。但我并没有被他的这个路子有效地慰藉。这除了说明我那酒后一贯的沮丧何其顽劣,重要的还在于,张楚所列数的那些乖张,在我看来,不过尔尔,完全不足挂齿。他就像是一个纯情少年在对一个饱经沧桑的歹徒罗列着自己的罪过。更糟糕的是，这个少年在招供自己那些所谓的罪过时，神情之周正，言辞之恳切，竟然先令我宽宥、体恤起他来。于是伤口叠加，端的是痛极了。

伤口无法覆盖伤口，酒倒是可以覆盖酒。再喝一场，差强人意，我算是能撑着归去了。

临别之际，是这么一幅司空见惯的场景：我坐在长途客车上，张楚站在车下，我们隔着窗子说些司空见惯的话。我有些走神，车子启动时侧脸想再跟他道声司空见惯的珍重，窗外却已没了人影。正有些恍惚，却见一个身穿呢子大衣的青年"体量很大"地逐车而来。当然便是那个刚刚和我隔窗"司空见惯"着的张楚。所谓"体量很大"，一是说其人之体格：他本就算得上是条汉子，冬装臃肿，便有些庞然。二是说其人之跑姿：他怀里抱有物什，于是便难以跑得轻盈。三是说我自己之观感：无端地，我便隐隐会意，而这所会之"意"，让我觉得这逐车的身影满含强度，沉甸甸的，发散出扩张的情谊。

张楚追至窗下，塞进的，无外乎是几瓶饮料、几包烟，而我却已是胸涌怆然。

我承认我是易于动情的人，但更多的时候，我情之所动，大约都会因为一个"比喻句"，在司空见惯中平铺直叙，可能不大会刺激到我；而小说家张楚，我的这个同行，给我了一个"体量很大"的"陈述句"。他不夸张，不影射，几乎没有修辞的痕迹；他不过是

107

诚诚恳恳地跑掉,又跑回来,穿着呢子大衣,头发在风中飞舞,自自然然地陈述着一个不加修饰的友情。

又是数年,我再去滦南看张楚。那时他还是税务干部,是名声更加在外的小说家。

这次我原本跟他约定了小住几日,于是他准备将我安顿在一户单元房里。房子是朋友借给他平日写作用的,称得上窗明几净,不大的一排书柜,让我得以窥见了某一部分他写作的秘密。卫生间里晾晒着枕巾——张楚说他提前给我洗干净了。喏,就是这样,他又给我来了一个"陈述句"。那两块垂挂的枕巾多干净啊,默默昭示,即便在我那双习惯于依赖比附才能打量周遭的眼睛里,也就真的,只成了两块枕巾。我没法比喻它,似乎一动念,便会扭曲与贬低了什么。

黄昏,张楚骑单车驮着我漫无目的地沿街绕行。于他,这应该是日常的行径;于我,却宛如穿梭回溯在陈旧的时光里。侧坐在后座的我,有那么几个瞬间,仿佛抽身而去,但眼目里,却全是张楚一个人骑着单车,在这名叫滦南的小县城里周而复始的样子。他多孤独啊!——这当然又是一个拙劣的比喻。它太轻佻了,匹配不上一个在小县城里骑单车者的生活与写作。

夏日夕阳下的小县城,像一幕老电影从我眼前晃过。张楚在跟我陈述:这是最大的商场,这是老街,这是我家以前住过的地方……在他旁白一般的陈述下,我那"像一幕老电影"的顽固的

"比喻癖"，终于无声地瓦解。张楚他展示给我一个宽阔的脊背，他陈述着，既像是在证伪，又像是将一个谎言扔进了更大的谎言里（我只能这么讨厌地比喻下去），虚实往复，于是一个中性的真相，便画卷般地徐徐展开。我理应为此而略微伤感吗？但那种只有基于"比喻"才会显得正当一些的情绪，此刻我却委实难以唤醒。我不知道是什么抑制了我，张楚打出的，是一套组合拳。

我唯有爽约，打消了小住几日的念头，当天夜里坚持住进了酒店，在第二天便与张楚作别。我知道我在经历着什么。作为一个"比喻分子"，我有些惧怕在张楚强大的"陈述力"之下，眼中垂挂着干净的枕巾，被他用单车驮载着，消失于滦南夏日那夕阳下实在的空虚之光里。

再是数年，我三去滦南看张楚。那时他依旧是税务干部，我却已经难以用"名声在外的小说家"来指称他了。或者，来来去去，面对张楚，我已不自觉地屈从于他的方式和语境，只能像他一般地学会了陈述：他是，也只是，一个小说家。

于是，我便难以复述这一次的滦南之行。丧失了"比喻"，我实在没有太多的手段来描述我所面对的世界。

我不愿在此谈论张楚的小说。相知经年，或者我们只能走向那约定俗成的、庸常的"心有戚戚"。甚至 N 个数年下来，我居然时常还会隐隐地觉得和他算不得很熟。这个小说家极有可能在他人眼里是俊朗的，是体贴的，是保有深情和才华横溢的，对此，我当然毫无异见,但这一切的括定,在我看来,都是一种"比喻"性的,而我,却曾经和将要一次又一次地领受他"陈述"的魔力。在我的印象中,多年前那个迎风逐车的朋友,一击而中,历久弥新,已无消弭的可能。

所以,让我也尝试着做出如下陈述:

张楚,这个小说家,在写作中力图去百般地冒犯,但本质上,他可能从来都不喜欢不遵守规则的人。他也许始终清醒:如果无视规则,生活就没了情理,就得交回入场券退场。"情理"于他太重要了,这个词拆解开,就是他做人之两极。"在场"于他也太重要了,他对这个"场"多么眷恋,无论那是盛宴还是残局。然而他的周围似乎充满了无视规则却不受惩罚的人,这更让他的表现令人惊叹——天啊,他居然没有被邪僻天然具有的诱惑力与美感裹挟而去!于是,他似乎是唯一的一个甘愿愚蠢到按规则行事的人,这让他那部分对于"格调"的诉求打了折扣。我能为他而感到遗憾吗?事实是,更多的时候,是他在替我担忧。他没有撒谎或欺骗或篡改什么的天分,正如他没有将单车骑成一个"比喻"的天分一样。他看起来是多么恒定啊,似乎从来就没有什么性命攸关的问题。他当然是一个好人,但如果面对抉择,他又一定"宁愿是个坏人而不愿做个乏味的人,但他不敬重一个宁愿是个坏人而不愿做个乏味之人的人,也不敬重能够把他的两难境地用言语利落地表达出来的那种聪明"。这些句子出自库切的《青春》,它让我

110

们看到了,当小说家遗弃比喻时,说话就得这么费劲。

在我眼里,张楚按捺住了比喻的热情和欲望,只将这世间的种种,陈述为一个又一个的事实——即便,这事实在很大程度上,极有可能是一场又一场蚀骨的心灵事故。每每,只要想想这世间的踌躇自得与嚣张颓放,我就不难想象张楚的"陈述"越过了多少陷阱。这种"陈述"的耐心与勇气,委屈和毅力,筑成了张楚的坦途,使得他几乎蒙受了《圣经》中神对其子民的褒赏,让他得以"责备人的时候,显为公义;被人议论的时候,可以得胜"。

2015 年 11 月 15 日

# 被待见

沈念在敲门——有两袋饼干,给你吧。

沈念在敲门——还剩半桶纯净水,给你吧。

这是我准备写写沈念印象时,条件反射一般首先唤起的记忆。我们在鲁院做了邻居,将近四个月,他就是这样一次次叩响了我的门。

不,他肯定不会像个送外卖的,次次都是来给我输送饮食,实际上,房门打开,我迎接的,常常会是一些更富滋养的"口粮"。门外是一个对我充满着信任、愿意与我倾心交流的"少将",从文学到人生,能和我一句接着一句地聊将下去。"说得着",我们"说得着"。于是我愿意将沈念的造访视为一次次粮食的馈赠,这粮食是饼干和水,亦是男人之间关于为什么活、将如何活得有益的切磋,它们在我眼里,被视为了宝贵。

显然,我可能并不缺饼干和水,而且似乎也并不非常热切地渴盼切磋,我之所以视这叩门而来的一切为宝贵,仅仅是因为——它们是沈念赠予的。

有些人释放善意,自己别扭,也令人别扭;至于为何活与怎么活,和有些人谈论起来,更是只会令彼此都要尴尬。但沈念不令人别扭,沈念不令人尴尬。我想,接受沈念善意的人应当不在少数,跟沈念"说得着"的人,也不在少数。没错,这就是一个有口皆碑的人。

有口皆碑意味着什么呢?嗯,有个可以想见的风险——泯于个性。可是,我们的个性,真的就那么重要吗?反正,如今我是对于一众作家敝帚自珍的那种"个性"开始深怀警惕。这里面更多的,当然是自我的厌弃,毋宁说,我等都太"个性"了,说是"各色",怕也不算过分。

我得承认,沈念身上有股作家中鲜见的气质,热忱而不轻浮,恳切,乃至无端地让人觉得由衷,以泯于个性的方式,达成了自己的个性。他似乎是我所认识的同行里最"正常"的一位,中规中矩,与尘世毫无违和之感却又少见红尘之气。这是天成的性情,亦是后天的自重。上帝给了他一副男人的好相貌,同时也给了他一个作家的好性情(如今,正常与有规矩,在我眼里已然是这个行当稀缺的风度),怎么看,怎么让人舒服,怎么接触,怎么让人欢喜。

这可了不得,就像是一个人被发放了畅通无阻的通行证。手持这张通行证,沈念是一对龙凤胎的父亲,是"湘军五少将"里的一员,是年纪轻轻的省作协副主席,是人大创意写作班的在读硕士……

他被这个世界所"待见"——这是我如今能够给予一位朋友的最高的赞美。不信你试试,我们在尘世辗转,要获得这样的赞美该有多难。

而他呈现给这个世界的,也是被"待见"的文字。知道沈念有十多年了,那时我们曾在一本刊物上同期发表了小说,一读之下,就记下了这个名字——沈念,如今觉得,这名字的音韵,都是那么招人待见。其后读他的散文,确确实实觉得达到了一种"正经人做正经事"的端正的魅力。他也忧愁,他也喟叹,可他忧愁得正正当当,喟叹得体体面面。你见过一个干净、俊朗的男人系着围裙认真做饭时的样子吗?那就是阅读沈念时带给我的感受。干净、俊朗很难,认真做饭更难,这里面是唯有"正派"才能赋予阅读者的感染力,它就是如此难得,因为正如你所知道的那样,于今,当我们阅读时,真的仿佛是见到了太多不正经的人做着不正经的事。

2016 年 10 月 28 日

# 尔器诚利吾宁抛

那一日，深秋，阴着天，继东陪我去拜谒大通学堂。他一路跟我聊徐锡麟，说自己有意为之写一部书。我侧耳听听他的话，抬眼看看学堂的展柜，倏忽有了一个觉悟——呜呼！身边这条瘦长的汉子，精气神上，居然和此刻正在凭吊着的义士有几分神似。

这义士，创办大通学堂，谋刺恩铭，"丹心一点祭余肉，白骨三年死后香"，凛冽到了一种气焰的境界；身边的继东，说话慢条斯理拖着腔，一张苦脸无端地总让人觉得臊眉耷眼。神似在了哪里？说不好，我也说不好，就是觉得有些共通之处。他们好似都有些"苦相"，却"苦"得不卑琐，不颓唐，相反在枯寒中自有一股清朗之气。望望徐锡麟就义时的遗照，光头，赤膊；瞅瞅身边的继东，华发早生，穿了件衬衫。像吗？不自觉，我开始在心里动手，给继东削发脱衣。呜呼！这下像了，颀长之身形，默然之表情，正是我心目中那义士的形象。

待到领教了徐锡麟绝笔之墨迹，我那一惊一乍的"呜呼"便彻底坐实了——

"蓄志排满已十余年矣，今日始达目的。本拟杀恩铭后，再杀端方、铁良、良弼……"

继东有书名，他的字，在我眼里，视为同辈作家第一等，但坐实我"呜呼"的，并非义士绝笔那肃杀的墨迹与继东书法神韵的契合，而是绝笔中的"蓄志"与一连串坚定的击杀目标，让我完全与现实中的继东对应在了一起。

承平日久，杀人这种事是没法干了，继东所蓄之志，当然是写作上的志气。他对小说艺术的体认，在我眼里，同样视为同辈作家第一等。越地小说家中，他的小说在气质上大约是最能南北兼及的一个。他也大约是最疏懒、最不事生产的一个。他不敷衍文章，不做那一路的名士。朋友们相聚，总有人跟我提及——继东写得太少。言下之意，多少是有些惋惜。这是事实，也由此，我总觉得"第一等"的继东，写得太少，正是有股"蓄志"的态势。他给我的观感，仿佛总是在默默地蓄谋蓄力，默默地运气以待，默默地，准备着杀出一个黎明。这不是韬光养晦和处心积虑，这是苦修和高级的虚无。这态势，必然有沉郁之气，否则"蓄"不起来，没见过大手大脚挥霍的，能积攒下可靠的家底，有了家底未能尽示于人，却也真是不爽，于是，就有了沉郁之"郁"。

老是副"蓄志"的样子，继东不开心——除了唱歌的时候，其

116

声色之曲折，肢体之逶迤，早已为朋友们所乐道。我是真没见过一个人的行止会有这般夸张的反差。那个不唱的继东和唱着的继东，宛如肉体与灵魂的错位和对立。不唱的时候，肉体的继东像一个安静的灵魂；唱着的时候，灵魂的继东却像一个张牙舞爪的肉体。就是说，他搞反了，或者在大多数时候，他让这二者彼此分离。理当肉体为先的时候，他让灵魂来做了替代，于吵闹的人群中，自甘遁迹，仿佛那条颇有长度的躯干真的可以被人视若无物；本应灵魂出场的时候，他反而大幅度地彰显肉体，仿佛那剧烈折叠着的，并不是一个歌者的魂魄，只是那浑身的二百零四块骨头。这，也许便是继东的"蓄"与"郁"。

蓄积搞不好，就是郁积。我就没有搞好，所以我尽管也不开心，但我唱起歌的时候也难以悍然调动起自己的肉体，最令人讨厌的时候，犹自更讨厌地让灵魂来管控自己，于是假模假式，于是不伦不类。在这个意思上，我羡慕继东，他用"搞反了"和"拆开了"的这种方式，能够不时喊醒自己做一个真人。一个真人，就像终于出手那一刻的徐锡麟，就像同为绍兴人的徐文长。

没错，那一日，深秋，天阴着，出了大通学堂，我们便去了青藤书屋。继东像徐文长吗？也像的。但我还是愿意他更像徐锡麟。无他，宁可将其才降一等，我也更愿意视继东为一个义士。我和这个义士有夙夜滥饮的经历，结果是我如泥委地，他却出得门去，于不能作声处，长啸两声。这个时候的继东，大约才灵肉合一，英雄气沛然,肉体不再遁迹,灵魂亦不再摧折。

灵肉一旦合一,继东便傲岸,犹如六朝人物。嚷声?我偏要啸出大响动!现成的利器就在手上,尔器诚利吾宁抛!——这个句子,是同为越地英杰的秋瑾写下的。我用它来做这个题目,不过是想搞搞"更讨厌"的暗喻,用以说明继东"蓄志"多年尚未伸张的另外那些原因。他不是不可以春风得意地抛洒志气,他是傲岸地不愿走在康庄大道上。

这好像是绍兴人杰的一个传统,在本无路的预判中走出一条路,心事浩茫连广宇,于无声处听惊雷。如今的继东,蓄志怕是已超十余年矣,那么,兄弟呀,你在小说中意欲"击杀"的那些目标,可以犹如慷慨赴死一般的沉着开列了吗?

2016 年 11 月 5 日

# 何以梁庄,何以中国

　　面对梁鸿时,我不免暗自揣度:也许此刻我们共同经历着的这个世界,在各自的眼里,其实是迥异着的——即便,我们曾兴致勃勃地同行于广袤的新疆大地;即便,我们曾意兴阑珊地共饮于人民大学西门外逼仄的烧烤店。彼时,纵然我们目睹着一样的山河,吞咽着一样的烤串,但那山河投射在各自心田,你山不是我山、我水不是你水,那烤串在各自的味蕾上翻滚,也是各自认定着的盐打哪儿咸、醋打哪儿酸。由之,兴致勃勃与意兴阑珊都无从共享,不过是轻率地被想象成了共同的感受。

　　当然,面对世界,谁会和谁的感受相同呢?大家都是基于不同的来路与禀赋,活在自己对于世界专断的认知当中。我的猜度,并不建立在这种对于差异性的惊愕之上,毋宁说,猜度我与梁鸿之间的不同时,我的心情是一种惝恍的郑重。我在彼此的不同中,看到了宝贵的相同,继而,在这相同之中,才重新找回了区别不同时应有的严肃。这"惝恍的郑重"没有"惊愕"那样的潦草，强度似乎也不是那么尖锐，但这并不说明它可以被等闲着忽略。事实上，于我而言，面对某些重大的比对之时，这样的心情往往才会占据上风，反倒是一些鸡毛蒜皮的异见，只能使我一触即跳，反应激烈。

那么，我与梁鸿的比对，何以被我视为了重大？

表面上看，我们甚至可以被笼统地划在一拨人里，同属 70 后、作家，差不多有着趋同的文学态度，反对什么和赞成什么，大致也不会天差地别。然而，正是这些"表面"和"笼统"，长久地麻痹着我们的目光，让我们甘于落入既有的认知格局中。一方面，我们坚定地高举自己与他人的迥异；另一方面，我们又大而化之地习惯于任由自己被归类与混淆。

梁鸿作为一个 70 后作家（其身份在我看来首先是一位极富思辨力量的学者），对于同代人有过格外关切的打量：关于 70 后，在当代的文化空间（或文学空间）中，似乎是沉默的、面目模糊的一群，你几乎找不出可以作为代表来分析的人物，没有形成过现象，没有创造过新鲜大胆的文本，没有独特先锋的思想，当然，也没有特别夸张、出格的行动，几乎都是心事重重、怀疑迷茫、未老先衰的神情。

她在为一代人画像，准确吗？不出意外的话，我们认领这幅肖像时，遭遇到的第一个考验，便来自那颗对于"被归类"的拒绝之心。长久以来,相较于那种平庸的"站在队列里"的惰性,我们同样也被怂恿得过度排斥着等同于什么,我们纵容着那个独一无二的"自己"出列,不惜忘记懂得概括与排列亦是认知世界的重要途径;现在,让我们尝试着以一种更加整全的目光去衡量,将自己放在"代际"这样无可争辩的视野中考察,就会发现,梁鸿基本上成功地勾勒出了我们整体的样貌。(我要强调的是,这样的目光更迭,必须伴随着微妙的警觉与清醒,它不能是浑噩地接受与懒惰地听从——你得明白,你为什么只能和群体一致,你何以被注定无从脱颖而出。)在这样的认知之下,你就只能承认,你即是这"心事重重、怀疑迷茫、未老先衰"中的一个。

对此,梁鸿当然感同身受,她必定首先是在观察自己,方才以己推人,着手勾勒。她显然不能够就此甘心,当长久地深感"被抛出"与"被隔离"之后,已经成为一流研究者的梁鸿,开始寻找这一切的根由。她找到了,那就是——我们"无从知道自己如何与历史发生真正的关系"。

梁鸿于此不再是简单地复述着一个司空见惯的事实,也不是将思想降格为无聊的议论,它来自敏锐的比照和严谨的推理。当梁鸿以这个结论归纳出一代人征兆的由来时,她扎实的学术背景与深切的理性思考,使得这个貌似已有共识的结论变得格外具有说服力。作为一名小说家,我从来懂得捍卫荣誉的重要,但面对梁鸿的沉思,我只能承认,当我们面对一些更为本质的重大问题时,一个杰出学者所能给出的答案,的确有可能超出绝大多数作家的贡献。

这是作为批评家的梁鸿的洞见。而且,在我看来,这也只能是一个专属于梁鸿的洞见。原因无他,只因为她从梁庄而来。如果我们承认,"70"一代的生命史,恰好对应了我们这个国家四十年来天翻地覆的史实,我们就会清晰地看到,城乡之间的此消彼长,最是能够寓言这样的一段国史。从梁庄走向北京的梁鸿,犹如寓言中的主角,切身演绎了时代寓言的本意。相较于我以及同代人中没有一个"梁庄"的同侪们,她不是一个大时代的旁观者,她是货真价实的参与者,是舞台上的主角。这样的一个来路和根基,势必令梁鸿在感知世界时,多了一份我等所不逮的真切的痛彻。世界在我眼里,也许更多的是一个想象与猜测的结果,面对它时,我所依赖的,也似乎只能是虚构的热情;但世界在梁鸿的眼里,是遍布的细节和具象的悲喜,处理这样的经验,她也注定要去胼手胝足地"非虚构"。

当梁鸿和我们共同地站在虚妄、悬空的队列里半生之后,作为一个曾经的出走者,她再次出走,开始返回原乡,走向个体出走的起点。她的确比她的很多同侪幸运,当大家集体"心事重重、怀疑迷茫、未老先衰"之时,作为一个有着明确出发地的人,她幸运地拥有着一目了然的来路与归途。当然,道路就在脚下,还需要跋涉者自己的觉悟。她比同辈们更具问题意识,当她无法感受到问题的时候,她深知这也许正是最致命的问题;她感到了矛盾,却不沉溺于对矛盾的喟叹乃至把玩,她心生追究矛盾之源的动力。我不知道她的这些特质来自哪里,那可能事关天性,可能事关后天的磨砺,我只知道,有了这些特质的梁鸿,在某种意义上,就有了成为一个觉悟者的根本条件。

她回去了。

"重返梁庄,最初或者只是无意识的冲动,但当站在梁庄大地上时,我似乎找到了通往历史的连接点。种种毫无关联的事物突然构成一个具有整体意义的网络呈现在我面前。"于是,你就会懂得,"无从知道自己如何与历史发生真正的关系"这个句子,从大多数人嘴里说出时与从梁鸿嘴里说出时的不同。当这样的句子被大多数人"知识分子化"地讲述时,更多的,可能只是一个彰显自己思考能力的姿态,或者自己也无力解释的苍白观念,但当梁鸿说出时,它却是一个实在的"问题",是真实不虚的眼泪与历历在目的欢笑共同酿成的生命况味。

她是"站在梁庄的大地上"诉说着。她是在诉说,而大多数人,顶多是在照本宣科地陈述。我们的确是一代人,队列再收窄一些,我们还是"同一代作家";但是,我们的确是分别站在了大部队中不同的两列纵队里。甚至作为个体的梁鸿,已经单独成列,宛如小分队,单兵突击,去替我们探路,蹚出通往大道的方向。这就是我面对梁鸿时,"惝恍郑重"的缘由。

在论述代与代之间的差异时,梁鸿看到了 50 后深沉地谈论"饥饿",60 后热烈地讨论"文革"和追忆"黄金 80 年代",80 后悲愤而又暧昧地抨击"商业"和"消费",这一切,70 后似乎都没有确切的实感……于是,我们"无从谈起",似乎先天就陷于了失语的泥潭。然而,真的会有"无从说起"的生命吗? 难道,这代人的旅程,不是对应着一个伟大的时代吗? 这种大时代的轰鸣与同时代者的喑哑,其间悬崖一般陡峭的落差,难道不足以动摇我们的沉默吗? 梁鸿行动了。行动着的梁鸿,在我眼里,身份反转,更加符合我对于一个作家的想象。当她以一个学者的理性去辨识问题之后,难能可贵的是,她开始焕发一个作家那丰饶的感性。她知道她所面对的那个问题,宏大到需要这样的一个词来命名——中国。她将她的梁庄命名为"中国在梁庄",雄心勃勃,着手去处理时代那个最为重大的命题。在我看来,这样的选择,几乎能够以"英勇"视之。在她置身的那个小分队里,依稀可见堂吉诃德的影子,依稀可见西西弗斯的影子,荣耀人类的"非理性",于此熠熠发光。

"中国"何以成为一个"问题"? 那不是约定俗成、不称其为问题的一个问题吗? 然而,倘若你没有完全麻木,你依旧怀有盼望甚至是绝望,你就不得不承认,这个问题从来没有像今天这般迫切地需要我们去重新回答。重新站在这个巨大的问题面前,你将会发现,原来我们的"心事重重、怀疑迷茫、未老先衰",我们所有的困境，都是源于对这个重大的问题丧失了解题的能力。

70后的梁鸿为她的同代人找到了最为洪亮的议题——你们在谈饥饿，你们在谈理想主义，你们在谈商业与消费，那么好吧，我们来谈谈"中国"。难道不是吗？作为当代中国剧烈变动的完全亲历者，70后岂能拱手让出这份最大的权力——不错，我就是将之视为了"权力"，它是这一代人拜风云际会的命运所赐，是我们与生俱在的价值所系。如今，经过漫长的失语，我们开始具有了讨论这个议题的可能，因为在我们之中，有梁鸿这样时代寓言的主角，已经习得了破题的能力。她的个人史，就是一部当代城乡史，一部当代中国史，当她从梁庄走向祖国的首都，一个时代最可信赖的知识分子的心路历程便逶迤展开，由此，历史兑现在有能力将其廓清的主角身上，她也由此享有了解题的权利，并且注定要承担问题的重荷。

我读过梁鸿几乎所有重要的作品，从中我读得出她欣然的沉郁与沉郁的欣然。这是奇妙的气质，它不仅仅是因为梁鸿身兼学者与作家的双重身份，它还源自生命的密码，源自一个梁庄人看待这个世界时的感伤与勇气。"所有的细节都被贯通在一起，携带着栩栩如生的气息，如同暗喻般排阵而来"，梁鸿于此替我们找到了摆脱历史"架空感"的方案：面对"中国"，回到"梁庄"，"回到民族生活的内部"，因为，"它是观察世界的起点和终点"。在这个方案之下——"个人经验获得历史意义和历史空间。从梁庄出发，从个人经验出发，历史找到了可依托的地方，或者反过来说，个人经验找到了在整个时间、空间中阐释的可能。两者相互照耀，彼此都获得光亮。"

这份方案于我，当然要视为重大。它不仅仅是方法论，还是重塑世界观的契机。站在梁鸿所描述的那支 70 后的队列里，我已日渐痛恨自己"心事重重、怀疑迷茫、未老先衰的神情"，也早已倦于仅仅是条件反射一般地心怀出列的企图，我需要的，是一条切实可循的道路，身在一个"中国"一般无垠的背景里，找到自己与这个世界的最大公约数，被其照亮，继而去尝试着照亮。

梁鸿的价值无可替代，对此，我不能不感慨李敬泽先生的眼力，"我视汝情，明若观火"，让梁鸿成为"非虚构"的第一面旗帜，在"梁庄"与"中国"之间，为一代人中的那些佼佼者，开辟出重新去栉风沐雨的道路。

2017 年 1 月 11 日

# 大乘批评王春林

一日,夜读《古炉》,想起王春林有专著论之,遂遍翻书柜。折腾了半宿,却遍寻而不得。我算是个有强迫症的人,这下好了,寻找《贾平凹〈古炉〉论》,成了比读《古炉》更要紧、更迫切的事。一本一本爬梳,终于找到——竟然是薄薄一册。之所以"竟然",只是因为此书的体量完全在我的印象之外。印象中,这本书定然是大开本,即便没有《辞海》那么厚,至少也厚过《古炉》本身。可原来,开本倒也是大,但它不过就区区一百六十八个页码。于是我明白了为何找到它会如此地大费周折。是我主观了,是我武断了,是我凭着对王春林的印象,按图索骥,一味在林立的书丛中往"大而厚"里去寻找王春林著作的影子了。

又一日,孟老繁华莅临兰州,正陪着在黄河边转悠,王春林的电话打过来了。原来是读了《随园》,向我口头表达一下他的喜爱。他的山西话当面讲给我,我怕是都得竖起耳朵才能听得分

127

明,隔着电波,我就只好多半用猜了。所以,"他的喜爱"有可能也是我猜出的结论,但我认为自己猜得八九不离十。于是各说各话,我猜他不断地说"好",言辞间,是对于一个兄弟真挚的鼓励;我对他不断地说"感谢兄,感谢兄",却也是真的发自肺腑。王春林的语速并不快,但每每听其高论,我总有"快"的印象,后来琢磨,他的"不快",许是自知腔调高古,说急了寻常人难懂,且和性情、态度有关,慢着说,更有一份对所言之事的郑重和自信。但何以给我留下了"快"的印象? 原来,是他对当下文学现场的反应速度使然。在我看来,作为评论者的王春林,对于当下创作实绩的反应,有着"条件反射"一般的迅疾。

以上两日,大致能勾勒出我对王春林的粗陋印象:大而厚,是体态,亦是文风;反应快,是能力,亦是态度。诚然,这个印象必定偏颇,否则我也不会吃自以为是的苦头,南辕北辙地找了大半夜的书。知人论世,本就难以做到纯然客观,可我能自信对其"猜得八九不离十",却也是有一些客观依据的。

先说这"大而厚"。对此,贾平凹早有概括,谓"有气象",谓"能吞吐",谓"其势汹汹"。贾老师一代高人,评语可成定论。王春林的气象首先就弥漫在容貌上,虬虬然曲发雄髯、大腹便便,放在人堆里,同伴都会因之气焰陡增,跟他结伙走在一处,你都不用怕碰瓷的宵小。他自带古风,自带异禀,浑身上下就是一个"上下五千年"的确据,让你想到文明之悠久、血脉之错综。陈丹青颂扬

"五四"前贤,喟今人较之先辈,长相上都失了好看,我敢确言,让他瞧瞧王春林,定会击掌夸一声"不俗!"。在我看来,仅此肉身,就能让王春林从衮衮评论家中脱颖而出,"厚积薄发"在他,首先就是一个肉身化的印证。

大致上,王春林的评论也没有辜负他的这副肉身。就我有限的视野,其人可能是眼下发声密度最大的评论家。《长城》上开有专栏,细数最新作品,期期万言;《收获》微信公众号上也是频繁出没,对当期作品进行富有洞见的阐释与分析;每年一个"一个人的排行榜",长、中、短篇小说下来,足可罗列近百部……对此,我原本是不太能够理解的,视其为"无所不评王春林",可观察日久,领悟日深,方觉得,不如此,不足以成"气象",不如此,何以有"吞吐"? 所谓"气象",不正是在"无所不"的把握中判吉凶、断态势吗? 就好比,我们无法将一个细嚼慢咽着精致小咸菜的人视为在"吞吐"。"吞吐"者何? 为港口,为码头,只要有益于人类进步,吞吐黄金,也吞吐草包,由之,其势汹汹,蔚为大观。

那一日,从夜读《古炉》到夜读《贾平凹〈古炉〉论》,我最大的收获,还是在于对王春林有了新的认识。这认识,当然首先是对他"大而厚"的判断有了"区区一百六十八个页码"的纠正——这似乎说明了,相较于"大而厚"的气派,王春林原来也有"区区一百六十八个页码"的节制,而他的"区区一百六十八个页码",也能先声夺人,给你一个"大而厚"的预判;以"气象"计,以"吞吐"

计，他不惜广种薄收，但也懂得精耕细作，而大与小，在他笔下便有了神奇的互文，正所谓巨细靡遗。其次，夜读此书，还令我对这位兄长多了几分"理解之同情"。这个认识并不由《贾平凹〈古炉〉论》本身来，由它的序言来。本书为序者，是王春林的学生续小强。学生给老师作序，本就颇为蹊跷，即便续小强是这本书出版机构的掌门人，于是，"蹊跷"之中便有了可观的信息。此文写得有情有理，看得出学生与老师间"亦师亦友"的情谊，也看得出学生对于老师克制的批评与更大的期待。续小强坦陈对于王春林文学评论"语文状态"的批评，这似乎对应了我对其"无所不评"的那份谬见。基于可以想见的原因，当一个评论者力图"无所不评"时，"语文状态"几乎就是唯一的从权之计了。至少，"近些年来，70后作家×××的小说写作可谓风生水起，渐入佳境"这个"语文状态"的句式，我在王春林多篇文章的起头便看到过，他要迅速形成评价，难免不会在"语文状态"的"有效性"里留下令人遗憾的操切。这，就牵涉到他的"反应快"了。

关于王春林文学评论的"快"，续小强应该也是持保留态度的——"为一部新出版不久的当代小说写一部长篇的专论，他完全是在挑战俗常对于文学评论的定识"。这多少也对应了我那份"王春林快到条件反射一般"的印象。然而，知老师者莫如学生，续小强在这份保留的态度里，用了"俗常"和"定识"来为自己的老师开脱。难以理解吗？那么好了，你可能就是王春林所要挑战的那个"俗常"与"定识"。继而，续小强从"一般同行于此行径，嫉妒讥笑之余仍是不齿"中，看到了王春林对于文学之事令人感动的"痴"。

好了，行文至此，说了王春林的"大而厚"，说了王春林的"反应快"，这些当然都是表象，如果这些表象之下空洞无物，那么作为评论家的王春林，活该被"嫉妒讥笑之余仍是不齿"，可我们都看到了，"近些年来，60后评论家王春林的评论写作可谓风生水起，渐入佳境"。不错，这里我的确是想跟王春林戏谑一下，但绝对没有不敬，我是想要以兄弟般的理解，表达自己的感同身受，宛如一杯浊酒之后，对信任的人拍拍肩头。

初识王春林，是他在文章中将我与几位70后作家列为"东邪西毒南帝北丐"，除我而外，另几位都是一时之选。忝列其中，除了惶恐，唯有敬佩，从中，我看到的是王春林"命名"的热情和冲动，更是王春林"命名"的能力与担当。在"无所不评"中，他有自己的收窄的洞见；在"一个人的排行榜"洋洋洒洒的大榜单中，他有自己的小榜单。

说起"小榜单"，私下里我们有过酒中的交流，对于王春林所列出的当代中国文学作家榜，我基本上是赞同的，并且，对他判断中与我有出入的那个部分，我也无法断然拒绝，而是默记在心，仔细咀嚼，力求从中矫正自己的偏见。之所以如此，我想，还是基于我对其人文学的判断力有着根本的信任。这个从20世纪80年代栉风沐雨而来的人,保有着那个年代的宝贵品质。

相交日久,我知道王春林"大而厚""反应快"的表象下,藏着何等可靠的水准。而尤为重要的是,参考他对于中国文学整体性的把握,于我而言,是一件格外有益的事情。在这里,我之所以强调"中国文学",全然是因为理解王春林,你必须站在一个基本的"中国立场"上,由是,他的文学态度,他的评论抱负,他的学术表现,乃至他的"痴"和他的"大而厚""反应快",才会有一个极具说服力的说明。这并不是说在"文学"之外还有一个特殊的"中国文学",但这就是在说,在"文学"之外的确还有一个特殊的"中国文学"。不理解此处,你尽可以浅薄地"嫉妒讥笑之余仍是不齿",因为你压根儿无从理解"急事从权"的难度与价值。那么,王春林他急什么? 往大了说,他在急中国文学之急;往小了说,他在急自己审美之急。他太热爱这件事情,以至于"兴趣狭隘、重复特定行为",以自己天赋的肉身去回护中国文学,回护自己对于审美的忠诚。由此,他才有了"无所不评"的用力。

第一次见到王春林,是在《十月》组织的研讨会上,其貌其言,都令我暗自惊叹。记忆最深刻的,是他一句又一句的"胸环",直到在场的孟老繁华忍不住打断他,询其何为"胸环",方才明白,原来是"询唤"——提纲挈领,他将我那一时期的作品总结出了一个"询唤结构"。这个总结令我服气,也大有启迪。我从中真的是感受到了一位优秀批评家所能够给予作家的那种"开光"般的提挈。

不难想象,他的这个总结是受了沃尔夫冈·伊瑟尔"召唤结构"的启发。这也佐证了王春林特殊"中国文学"的底色里,亦有扎实的西学养分,他对于"现代主义"的热衷与喜爱,同样构成了他"特殊性"的一个部分。

续小强在那篇序言的结尾写道:"王春林与我亦师亦友多年,我们共同经历了太多文学与生活的事故。"令我停顿下来的,是"事故"这个词。没错,续小强没有使用一个"语文状态"的"故事",而是写下了漂亮且深刻的"事故"这个词。我可以想见这个词背后的诸般况味,那或许就是一个中国知识分子驳杂的个人经验和颠簸的生命际遇。续小强生造了"语文状态"这个词,而基于我所理解的"事故",我也想给王春林的批评生造一个词——大乘批评。

小乘认定人佛殊途,求一己之解脱;大乘相信人可成佛,发愿普度众生。在我看来,王春林趔趔然曲发雄髯、大腹便便地站在当代文坛"事故"频仍的现场,在这个万事急促的时代,舍下自己的余裕,高声地"无所不评",恰是"大乘"仪态。由此,他的难以被正当理解似乎也是必然的了,就好像一个以发言立命的人,一口一个"胸环"地恳切言说着,这几乎构成了王春林全部的隐喻。

想一想吧,一个如果去饰演古装剧中"完颜氏"或者"耶律氏"都不用化装的大胡子,行走在今日之学府与庙堂时的憔悴。

学生续小强把老师王春林当成一个典型的"亚斯伯格症"患

者，那么好吧，我们来看看何为"亚斯伯格症"：

> 神经发展障碍的一种，可归类为孤独谱系障碍其中一类。在外界一般被认为是"没有智能障碍的自闭症"。其重要特征是社交困难，伴随着兴趣狭隘及重复特定行为，但相较于其他泛自闭症障碍，仍相对保有语言及认知发展。发病率为百分之零点七，即每一千名新生婴儿会有七名婴儿是病患者。本病多见于男性，发病率约为女性的十倍……

佛亦有疾，众生知否？

春林兄，作为一个大乘者，作为一个有掌故的人，好在一千个人中还有七个你的伙伴。

2018 年 3 月 24 日

# 于悠然自远中迫近澎湃的肉身

生于 1970 年的艺术家王犁在一篇小文中写道：

　　日常生活中总有许多不是问题的问题横亘在我们面前，让我们熟视无睹或者无奈，比如说电梯里的叽喳声、公交车里吃便当、公共场所烟雾缭绕等。在祝福喧哗者肯定不会得抑郁的同时，真要反思一下习惯了"我"的现实存在的"我们"怎样去理解什么是公共意识，听说公共交通也开始提倡"无饮食车厢"，看到公交车上移动电视里时常播放的那个广告：上班族拿着几层汉堡包冲进电梯，然后咬下——香气四溢而引起垂涎。只当是一个好的开始。

没错，我们的艺术家被日常生活中诸般"不是问题的问题"冒犯到了，乃至略显"无奈"地祝福"喧哗者肯定不会得抑郁"，并且，生出了知识分子的反思。

如果没看过王犁的这批画，这段文字会令我对其人产生误判,将之简单地想象为一个多少有些教养洁癖的中产阶级人士。这没什么不好,甚至很不错,教养何其重要,何况我也反感在公交车上吃便当的家伙;然而,这个多少有些教养洁癖的中产阶级人士,人畜无害,有点清汤寡水,有点无可无不可,仅仅是,也只能仅仅是"没什么不好"。

显然,这个程度的"没什么不好",不符合我对于一个艺术家的期待。我知道,事情一定没这么简单。我也知道,当王犁写完这段话后,回到画案前,也会觉得——嗯,此事费思量,端的没这么简单。

没准儿,他会一边铺张墨迹,一边喟叹文字的边界何其狭窄,当他写下"叽喳"这个词时,"叽喳"就真的只能是"叽喳",是聒噪,是杂音,是没教养和不道德;没准儿,他会一边渲染设色,一边庆幸自己还掌握了另外一套笔墨语言系统,当他以赭石来说明人的肉体时,赭石便不仅仅关乎石头和土坡,它还能是光滑的皮肤,是时光的印记,是斑驳的情绪和情绪的斑驳。于是,这个在马蒂斯和莫迪里阿尼那里领悟到了"距离的暖意"的艺术家,悍然画下了"反距离"的,乃至是具有压迫性的、逼近着我们视觉神经的人间。

艺术的思辨与艺术的呈现便由此达成。

我想说的,无外乎是——认识矛盾与调和矛盾,制造冲突与平衡冲突,此种能力的兑现,才符合我对于一个好的艺术家的基本想象。此种能力，我好像难以仅仅从一个"有些教养洁癖的中产阶级人士"身上觅得，但千真万确，我从艺术家王犁的这些水墨创造中得到了充分而满足的呼应。

因为它们足够复杂又足够简单，在整体性上，与世界的张力互为印证。

的确是"横亘"。当王犁在那篇小文中使用了"横亘"这个词的时候，他绝对是诚实的，那"叽喳"的人间拥挤到我们的艺术家眼里时，该是多么的蛮横和不由分说，它们庞大臃肿，粗糙坚硬，以一种近乎"塞"的强度扑面而来。如果没有"反思"的介入，这"叽喳"的人间，也只能是丑的和败坏的，是活该被知识分子所唾弃并恶意祝福的。

艺术家王犁开始了他的"反思"。

然而这回，绝非仅仅囿于如此的状况——"真要反思一下习惯了'我'的现实存在的'我们'怎样去理解什么是公共意识"。瞧，这多缠绕，并且略显空洞。你很难想象和信任这样的"文字性反思"能得出什么真理，更遑论提供出一个方案，它只能是知识分子式的埋怨，最终，甚至也有沦为"叽喳"的风险。让我能够想象并且信任了的，是艺术家王犁的"艺术性反思"——不依赖边界狭窄的说辞，发乎于心，其过程遁迹于运行中的每一笔。它是流淌性的，浑然而雄辩；它还是行动性的，直接动手，将反思与改造一并展开，并且给予你结论。它是问题的提出，也是问题的回答。

由之，即便在个人气质上也许真的更切近一个有些教养洁癖的中产阶级人士的王犁，在不知不觉中，在艺术的具体实践中，摆脱了禀赋的拘囿，神奇地理解了尘世，继而，尊重并为"我"的现实存在而有力辩护，源源不断地赞美与讴歌着教养下的倒影和洁癖背面的污渍，让那个"公共意识"变得更为丰富和立体，变得更具宽容的气度。更为神奇的是，这一切不是一个"逆转"，它温和极了，绝不大张声势，极具我所认同的那种"认识矛盾与调和矛盾，制造冲突与平衡冲突"的不动声色之美。

于是我们看到了什么？

——我们看到了东方汉代陶俑与西方现代造型语言的相遇。那是颠顶对颠顶的矫正与补充，是肉体对肉体的否决与肯定。颠顶在于东方陶俑颠扑不破的朴拙和西方莫迪里阿尼长脖子式的显豁的茫然，肉体则指向东方地母般的宽厚与西方独善其长的强烈的娇艳。

——我们看到了"平面性"对"立体冲动"的反动，看到了"壅塞"如何扩张了"距离"原本的属性。王犁该是多么放松，那个我们在现代水墨中念兹在兹的"主体性"，于他的笔下毫无刻意的努力，他"平铺"着一切，这种"平铺"完全是古典性的，即便在他的笔下，穿插与透视也留下了影子，但他绝无主观的刻意。那一个个汹涌的躯体，风平浪静地被他安放在了平面之中，以至于见惯了"呼之欲出"的我们，不禁要再次惊诧于艺术再造世界与重构世界的伟力,何况,他还是着重描绘着丰乳和肥臀。王犁又该是多么诚实,"壅塞"诚然就是他对于尘世的直觉性经验,而"距离"无疑又是一个具有良好艺术教养者潜在的自觉,当这对矛盾集合于笔下,他放弃了对于任何一方谋略性的规避,就那么老老实实地画将下来,这一笔是"壅塞",那一笔是"距离"。他知道这两者原本无可并举,却以一种惊人的"坦率性"陈述出来,模棱两可他也坦白给你,好恶摇摆他也交代给你,他平静地让"精明"败给了"糊涂",让无能为力赢得了十拿九稳,于是,他成功地让"壅塞"解释和瓦解了"距离",让"距离"重新定义并成全了"壅塞"。他将这种辩证,命名为"暖意"。

——最为美好的是,我们看到了那个躲避不开的"人",那个在很多时候制造喧哗、胡吃海塞、横冲直撞、吞云吐雾,令我们的艺术家不禁要奉上祝福的"人"。然而,在这一系列作品中,这个"人"宛如初生之婴儿,单纯,无辜,动着,但基本躺着,并不别扭地蜷着,仿佛罩着未曾剥离的胎衣。他们令这批作品充满着"歌唱"的欢乐气质,却又内向稳重,宛如低沉的咏叹,甚而,直至启发你滋生出东方伊甸园的想象。在那个"说话之前先唱歌的天堂里","人"无可置疑地出现了,并且具有主角的身份,这一个一个胚胎一般的肉团,有着食肉者的躯体,却令人惊讶地散发出食草者的气息。他们就是尘世在艺术家心灵中的折射,世界入目,经由心造,那个有着洁癖的王犁开始拥抱着肥腻,让笨拙变得轻盈,让浑浊得以透明,却又绝不彼此质疑,既认领了天堂亦有人间的属性,又恍悟到,人间原来也是如此地值得被珍惜。就是这样,艺术家王犁为我们定格了一个个体面而又平凡的事实。他"中性"地看待一切,克制着自己的判断欲和分别心。他不依仗肉体难以摆脱的那种性的诱惑,不在画面上流溢司空见惯的情欲,那样委实太过轻而易举。他只是中肯地完成着自己造型母题的标志性存在,从而难能可贵地牢牢把握住了对"人"本身的忠诚表达。

那"人",俨然是我们的祖先,但又确凿无疑就是我们现在的自己。"人"就是这样被善意描述出来了——不,我不想将之比喻为"生命力",那不过是"叽喳"的陈词滥调——毋宁,我愿意说,这是一个个自洽的、岿然不动的奇迹。目睹他们,我开始不那么讨厌自己,开始不那么讨厌人间,似乎被有效地劝慰了一番,开始接受尘世,接受沉重的肉身。

就像上帝所创造的,不过就是两种人——男人和女人。这是亘古的无须说明的事实。它是先验性的,所以它就是美的。

至此,我们基本可以相信,王犁这位也许天性中真的有些教养洁癖的中产阶级人士,在创作之时,有能力褪下自己来自中产阶级的那部分外衣,于悠然自远中迫近澎湃的肉身。彼时,那些日常世相中诸般不是问题的问题,当然依旧会横亘在他的面前,让他熟视无睹或者无奈;但电梯里的叽喳声,公交车里吃便当的人,公共场所缭绕的烟雾,这万丈的红尘,这红尘里的"人",都将在某些瞬间被他重新打量，被他献上至为诚挚的祝福——喧哗者肯定不会得抑郁症，因为他们生而肉乎乎，保有唱歌和撒泼的所有权利；同时，作为艺术家的王犁，坚持"以人为本"就像坚持采用中国传统绘画材料一样毫不动摇，于"反思"中，以中庸之道赋予他的东方文化性格，彰显独立思辨的能力。那么好了，在可被预见的某一天，当他在地铁车厢里赫然看到"无饮食车厢"的告示，欣慰之余，他会黯然神伤，不禁萌生出买一只多层汉堡冲进中国美院艺术管理与教育学院教学楼电梯的冲动，他将对着电梯里自己的一众学生大口咬下——香气四溢而引起垂涎。

这，无疑也将是一个好的开始。

因为，那是"我"和"我们"的和解，是"公共意识"之下宝贵的个体觉醒，是王犁这一大批作品秘而不宣的最为重大的价值与意义。

2018 年 6 月 8 日

# 市声如潮

"南面就是郊区的闹市,有菜市场,超市,公交站,一天到晚市声如潮。"

——句子出自杨帆的中篇小说《瞿紫的阳台》。在这个中篇里,杨帆调动着她那令人匪夷所思的听力。

"瞿紫听到他的喉结上下滚动的声音。"

——你听到过谁的"喉结上下滚动的声音"吗?

"一串学校的课间铃声,隐约有人的笑语声,叫卖酒糟的声音显得沉闷,而不真实。"

——若不是刻意地仔细辨别,你能够将涌进耳朵里的嘈杂一一指认吗?

"他听到了头发丝发出的颤音以及她竭力控制的鼻息。"

——天啊!头发丝发出的颤音以及她竭力控制的鼻息!

"瞿紫高声问,声音像穿过树林的风,尾音是树叶的哗啵声。"

——嗯，高声问得如同树叶的哗啵声。

"她再次听到黄昏的脚步声，轻轻浅浅，带着呼哨。"

——没错，我听到过黄昏的脚步声！

…………

当一个中篇以文字的方式挑战了我的听觉时，我得承认，这是杨帆的胜利。要知道，读杨帆的小说，你还得支棱着耳朵。诚然，捕捉乃至放大声效，是杨帆所依赖的文学手段，是杨帆的修辞方式和杨帆的"文艺腔"，但是，这手段、修辞方式、"文艺腔"，至少也暴露了小说家杨帆的灵魂：敏感，警觉，心事浩茫连广宇，于无声处听惊雷。声音于她，不仅仅是一个物理现象，更多的时候，还是一种精神现象。她以词语"造音"，便有了"头发丝发出的颤音"这种几近"灵异"的创造。当然，这尘世已然"市声如潮"，那么在杨帆的耳朵里，更多了些头发的颤音与黄昏的脚步——这可真够她受的！

声音在杨帆的脑袋里高分贝地呼啸。声音在杨帆的文字里高分贝地呼啸。

2010年，我和杨帆并列在那套著名的丛书里，我们以"文学之星"的名义，排列在了纸面的"21世纪"中。《瞿紫的阳台》，她的那本集子就以这个中篇命名。挑出来做了书名，必然为作者所器重，于是我便对这个放在篇首的作品读得格外仔细。仔细的结果是，我难免对自己的听力产生了怀疑。还有一个结果，相较于瞿紫,杨帆这个名字实在是太普通了(我自己就认识数位"杨帆",乃至如今手机通信录里还专门区别了"江西杨帆"),这让我在很长时间莫名其妙地将这本集子记作《杨帆的阳台》,而作者,也总是在杨帆和瞿紫之间打架,最过分的是,我还会偶尔恍惚地认定与我同年成了"21世纪文学之星"的,还有一位瞿帆或者杨紫。

这不是戏言。是说,相较于杨帆对声音的郑重,我对声音的记取,差不多就是混账的了。物理性的声音进入我们的意识,同样经过了再造,在我这里,是主观地混淆,而在杨帆那里,是主观地廓清。她令声音尖锐起来,回旋起来,犹如鸽哨。我们同样主观,但我在抹稀泥,而杨帆在抓典型;我降低了什么,而杨帆拔高了什么。长此以往,我不禁要担忧,耳鸣对于杨帆,不会是一种常态吧?

其后有了些交集,管道当然还是文学。五年之后,我们又并列坐在了那所著名的文学院里。一群"21世纪的星星"集合,彼此少辉映,彼此多嘈杂。嘈杂地谈文学,嘈杂地拉是非,既是物理性的,又是精神性的。沸腾的嘈。沸腾的杂。"耳聪"的杨帆,置身一口沸腾的大锅,将何以自处?

她把自己给关到屋子里了。

除此而外,还能怎样呢? 至少,我是替她想不出其他法门的。于是,置身喧哗之外,把自己关起来,就成了杨帆象征性的姿态。

一道门就能够关得来一个清净吗？我想，也难。这个女作家，是那种能听到"头发丝发出的颤音"的人啊，她关了门，没准儿还得拼命地捂住耳朵，徒劳地与空气一般无处不在的喧哗做斗争。为此，她的睡眠可能受到了损害，现身人前时，脸上总是带着点没睡好的倦容。

世界的大门，哪儿是你想关就关得牢的。杨帆被喊出来了，委以"文娱委员"之责。尽管组织常常出人意表，但这个任命还是令我有些诧异。原来，据说杨帆上一次就读时便展现了"文娱"的才华：她在班里参演了话剧！她参演的是《雷雨》！她在《雷雨》里饰演的是——繁漪！你都不能不再一次叹服组织的英明。

曹禺先生如是描述繁漪的外在形象："脸色苍白，只有嘴唇发红"，"她的嘴角向后略弯，显了一个受压抑的女人在管制着自己"——这不就是那个我认识的"21世纪文学之星"杨帆吗？曹禺先生如是描述繁漪的内在精神："她也有更原始的一点野性：在她的心里，她的胆量里，她的狂热的思想里，在她莫名其妙的决断忽然来的力量里。"乃至于，如今我"印象"杨帆，不由得也要这般套用去想象她的精神世界。这当然没什么道理可言，可是对于一个听得到"头发丝发出的颤音"的人，你还用得着跟她讲什么道理吗？

文娱委员杨帆从她紧闭的房门出来了。她得负责操持一场书画展。我看到她在冬日里裹着形似睡衣的棉服，蹲在楼道里整理那些名为"书画"的物事。她并不积极,倒也不是消极,没想着大张旗鼓,也没觉得有必要藏着掖着,"眼睛大而灰暗,沉静地灼烧"。我可不就像是看着一个繁漪嘛,差不多只等着她站起来舒口气,说一声:"我简直有点喘不过气来。"那正是繁漪典型的台词,繁漪可是一出场就要嚷着"闷"的。

杨帆闷不闷?我不知道,但至少我能确认她一定不怎么畅快。诚如贺绍俊先生指出的那样:"杨帆的优势非常突出,她有强大的感性思维,主观性很强,不满足于客观讲述一个故事。""主观性很强"的杨帆,在这个喧哗与骚动的"客观世界"里,焉能畅快得起来?一个听得见"头发丝发出的颤音"的人,"客观世界"于她,势必形成深刻的对立。证据倒是有一个:某次我借了她一把小水果刀,借过之后,就习惯性地混账,不怎么记得归还了,她却"主观性"很强地一再向我讨要。那刀,怎么看,怎么不觉得稀罕,于是不免对她锲而不舍的追讨感到有些不能理解,觉得此人"不客观",真的有点"不客观"。

杨帆没办法的,谁让她被上帝开了天耳,所以她只能够"非口语写作,或者叫书面语写作,她的叙述并不是直接照搬生活中的口语表达,而是经过自己的处理以后才表达出来的",她只能够使用一种"无逻辑性的叙述逻辑"。这些特质都是贺绍俊先生发现的,贺老真是堪比组织的英明。这些洞见我看到得晚了,早看到,断不向杨帆"逻辑性"地借刀。我是口语化的借,在她,已然是书面语的要了。

　　杨帆看起来似乎也没想过要找到一个办法。世界不委以她重任,她可能就把自己关在屋子里捂耳朵、睡不着去了;世界委以她重任了,她也雀跃不起来,裹着睡衣履行职责罢了。不积极,也不消极,没想着要如何地追求到一个"重任",于是,也无从抓牢好运气般的"委以"。

　　但杨帆并不麻木,她听得到市声如潮,甚至比他人更充分地感知着尘世的喧哗以及那喧哗的骚动之力,但她从来只擅长在如潮的市声中、在深重的嘈杂里,遴选出"头发丝发出的颤音"。她忠于自己,于是经常能够令人叹息地从裹挟之力中抽身而出,保持住自己所看重的身段,就像从浑浊的力量之中扶摇而上,让市声回旋、尖锐为鸽哨;就像繁漪的那声呐喊:"我跟你说过多少遍,我不这样看,我的良心不是这样做的。"

　　我想,我的这番"印象"可能也大差不差。尽管我的耳朵跟杨帆的耳朵比起来差不多就像一个摆设,但,我也在某一些时刻,侥幸地听到过"黄昏的脚步声"。

　　然后,市声如潮,杨帆上升获救,我等下坠沉没。

2018 年 12 月 3 日

# 立于廊前

公元前七百二十二年，秩序在挖出了泉水的地道中得以彰显和圆满。大道行于地道中，郑伯克段，水到渠成，让八面来风之地重归忠恕之道，条分缕析。

公元两千零一十八年，是夜礼毕，他立于廊前。

身后是灯火未灭的殿堂，阶下黑暗，是影影绰绰退场的宾客。他是主事者，该当站在这个位置，目送高朋四散，静待帷幕落下。他也不是不能走，走也是他的性情和风度，何况在站与走之间，可能他更有走的冲动，他有这个泼辣劲儿的。但他站稳，在这个给定的位置里八风不动，纵使山巅水涯，冷冬小巷，魂儿已经跑到了西贡河边。

他点了烟。几个小时的典礼，他大概是唯一那个不能轻易离场的人。现在，站在这儿，他终于可以抽一根了。背对灯火，面朝夜色，手里的烟头分外地闪烁，成了有意味的媒介，在暗处，却亮着,沟通两极。

要理解和想象他,从目下他肃立着的身段着眼,也许是一个好的角度。

一面是庙堂,一面是江湖;一面是会议室,一面是山丘;一面是会,一面是饮——就在上个月初,他的新作问世,集子便冠名为《会饮记》。

若不能找到一个"物理"的角度,仅从"精神"上去"印象"他,至少对我而言,是会深感绝望的。他的文风强悍到了一种程度,当你要谈论他时,几乎只能邯郸学步,采用与他相若的方式,而那种方式已然被他垄断,你试图与之靠拢时,只能避让。他声言作家要让同时代的聪明人服气,他做到了,却把对聪明的解释权塞进了自己袖筒里。

侥幸,我看到了他立于廊前。良辰美景奈何天,赏心乐事谁家院?——以国之名的馆的廊。

何为"会饮",他做了交代:出于柏拉图的名篇。然而是夜,望向他所在之处,我将这个词默默地拆成了两个意思。两个相对的意思,一如眼下他正经历着的处境,是此消彼长转换的刹那,是聚与散位移的瞬间。那是衔接和沟通的位置。是尺度所在。是进退裕如,当然也可能是进退维谷。是明暗交界线——画过素描的人,知道那是紧要的关口,是无可奈何之地,是断崖处,是陡峭处,此处成立,则局面可观,亮部正当,暗部合理,反之,一塌糊涂。

整部《会饮记》,可作如是观。整个的他,从容回环,可作如是观。

他在那部书的十二个篇章里干着同样的一件事儿,于"会"中走神,于"饮"中神旺,在"会"与"饮"的两极之间,取一个规矩和方圆,犹如圆规的铰链。他是谁? ——你是李敬泽? No,我是青鸟。好吧,你是青鸟。谁跟你说的? 我是李敬泽!

"会"当然不仅仅是会议,是场面,是秩序和规矩,是阳面见光;"饮"当然也不仅仅是喝酒,将之理解为"会"之反面,你一定走上歧途,误读他。那,其实也是场面,也是秩序和规矩,不过是阴面暗沉,是他谓之的那个"浩大的底部"。就是场面、秩序和规矩,不过是分了明暗与阴阳。

你不可想象,在他的笔下,会没了场面、失了秩序。否则台面之上与浩大底部何以构成通约的可能,何以彼此成立? 这也许才是他念念不忘的"总体性"的奥义所在。

一个信任"总体性"的人,怎么可能会不相信世界是有秩序的呢? 戴着你的水晶珠链,请跟我来——且慢,这水晶珠链,无凭无据,放得进国家博物馆吗? 算了吧,还不如古墓中一千年前的酒席甚至垃圾。要知道,他在二十年前就重申过民族生活中千百年恒常默运的秩序感,此种"自信",彼时可是要冒着风险的。时至今日,他依然冒着风险,要知道,不讲规矩和罔顾秩序,似乎永远有着文学的"正当性",水晶珠链,似乎永远是文学蛮横的修辞。

他也会避险，那就是，将秩序册伪装成才子书。于是，一部《会饮记》，满纸倜傥言，沉甸甸的李敬泽，披挂青鸟翼。

你看，在他所认同的世界里，即便是江洋大盗，作别时，也得左手压右手，行出有规矩的 pose（姿势），如此，"各走各的路"后，才能让他甘心地写下动情的、并且是可被理解的《夜奔》；即便是归为臣虏的官家，行于雪上，步态也绝不黏滞，"就像他的字"那么挺拔迅捷，法度井然，不如此，他就无从生出临摹那中规中矩的瘦金体的动力，无从写下憔悴与刚健并糅的《坐井》。

排场，这是排场。是一笔一画的排场。草书，先等会儿。一个处级干部就在江南造园子，那是不折不扣的狂妄。

让他教坊犹奏别离歌，他可能干；让他最是仓皇辞庙日，他才不干。教坊的别离歌，是审美；仓皇的辞庙日，是秩序离乱。轻重与缓急，他从来关切醋打哪儿酸、盐打哪儿咸。这是农耕之子的本能，在此本能之中，读书破万卷的他，几乎先验地相信，仗义每多屠狗辈，负心多是读书人。

他信赖秩序，于是《考古》。在他那里，秩序其来有自，洪荒之前便已确立，几近天授，地分南北，时分冬夏，这是没什么可商量的。这事儿，老祖宗早有定论。礼失而求诸野而求诸古。对此，他几乎有点摩羯的强迫症，看个展览，也想，"他们本该把这个展览馆放在北馆，而《海上丝绸之路画展》倒应该在南馆，画的都是往昔的广东和南洋"。才子们是不犯这种嘀咕的，才子们以分不清东西南北而自豪。于是,已经最大程度克服了才子病的范仲淹都要受到他的批评——"穷塞"。他不是在说格调问题,是在说,秩序和格局,宏远如范仲淹,缺了天给的秩序观,只局限在了"残山剩水",圆规画出的弧,偏了。

吊诡的是,他还信赖人。信赖秩序之下守规矩的人和跑偏了的人,即便"看够了人的谄媚和自私"。不信,他就不会写"一小篇儿"给人看,不会按得下性子耐得住烦。谁让他从来知道,那"民族生活中千百年恒常默运的秩序感",终究是交由人来贯彻的。于是,他乐见文学中人的生计,乐见古人有"信",哪怕为此做出些微的让步,放过"这故事其实也难成立"一马。原来摩羯的强迫症也不是铁板一块,秩序的崇拜者,终究给人留下了一丝余地,允许人晃荡和跑偏,然后,以巨大的理解与怜悯,停停当当,重新给颠连无告的人找出秩序的辩词,为那千百年恒常默运的贯彻者们申诉、鸣冤。

人海生波,他爱的人,还多是"这个民族"的人。否则他会断然将"民族生活"置换为响亮的"人类生活"。他当然不是一个民粹主义者,但多半,他也会拒绝做一个高级的世界主义者。高深青花碗,几条子面,丰足的酱料,就足以让他"不过了"。在他,这即是圆规铰链的准星,他深知,没有准星,不扎在一个坚定不移的点上,势必天下大乱。在他,付出"不过了"的代价,所得到的最高褒赏,断乎要是"天下大定"。

人终归要有一个立场。"定""乱"之间,他取"定",宁可放弃美轮美奂之"乱"。他敬重秩序之美。美若褒姒,也得有宫里的规矩,否则昏了天地,戏了诸侯,亡了国。在这秩序之下,偷走了的塔得还回去,冤死的人最后的那场牌局要有答案——和还是没和?他知道说这些会显得多不合时宜多乏味,风险太大啦,他整天面对的都是些"乱"的信徒,是妄点烽火的痴汉。那么好吧,满足你们一下,乱,使劲儿乱——但乱了番邦就好,让鲍勃·迪伦祸害瑞典文学院的老爷子老太太们,咱们这儿,还是"天下大定"为上。

是夜,他立于廊前。恰是天下大定之时。

镇关西和鲁提辖,他一并收了。咸的、酸的、辣的,一发都滚出来的脏脸一般的如火如荼的局面,有来有去,谁打的,谁挨的,清清楚楚,打人的手疼,挨打的脸疼,市侩流氓气少来,考古学家跟物理学家都挑不出横逆的理儿来。

静定,他站稳在准星一般的位置上,廓然大公。烟,已经连着抽了三根了。秩序还在。那千百年恒常默运的,他持守住了。为此,本来该去考古的他干上了文学,懒到没去生个倔强小子的他不厌其烦地画着圆与弦,正着来,反着来,障眼法,拖刀计,不惜赤膊上阵,以戏谑的面目写就秩序书。

那书,名为《会饮记》,名为《青鸟故事集》,名为《会议室与山丘》,名为《致理想读者》,名为《为文学申辩》,名为《小春秋》,名为《反游记》，名为《平心》，名为《见证一千零一夜》。

风致透脱，步步当下。这是只有他才能写得出的书。因为他丈量得足够远，爱得足够深，风度足够好，动心忍性足够多。那森严而弥散的世界，被他一小篇儿一小篇儿地写出了飞扬的秩序和烂漫的规矩，给出了形状。

立于廊前，他深刻地定义和解释了当代中国文学。间或累了，"他坐在台阶上，望下去，天下热闹"，没准儿小曲萦耳：我也曾赴过琼林宴，我也曾打马御街前……曲儿散了，寂天寞地，傍晚才剪了的指甲还不平滑，竟有顽固的烟丝残存其间。这点不痛快，或是他所享受的。我见过他宛如从泥里拔出的指甲盖，像是一个大机窍。

缓过劲来，再抽根烟，折回会场，行礼如仪。如是如是。或者干脆抽身而去，留下最后一张自拍的苦脸，投身于那个浩大的底部，"地听"八方——在他，这也是人生之秩序、之严肃。

2019 年 1 月 14 日

# 她对尘世怀有信仰

向春将自己写作的起点确定在 2000 年,这是她的写作元年。彼时,严酷些说,她已经算不得是一位很年轻的作家了。在那样的年龄开始写作,让向春的处境略显尴尬,同龄者在文学的名利场中已经遥遥领先,身后又有无数更年轻的同行蜂拥而至。如此处境,或是会令"从业者"焦灼的,但向春从未清晰地将自己锚定在"从业者"熙熙攘攘的行列之中,她爱生活大于爱写作,爱美大于爱小说,只在最低程度上保持了对于名利的敏感,而这敏感,还只是建立在宝贵的自尊之上,是以服务于尘世为前提的。她不会一味蹈虚,跌向过度的虚荣,跌向"从业者"普遍的盘盘算算。相较于写作这件"虚事",她更热衷的是活着本身,她对尘世怀有信仰,甚至贪恋。

于是,向春在将近二十年的"从业"生涯中,姿态一直比较"正常",没有机巧,没有神魂颠倒和废寝忘食。她经历着一切应该经历的,暴露着缺陷,也展露着才华。她对锦衣玉食的喜爱,对人间情义的流连,始终压倒性地高于对写作的执念。她是一个女人,而外,才是一个作家。所以,她没有暴得大名,倒也足可安享名实基本相符的踏实。毋宁说,她写作是"为尘世",而不是反过来,拧巴成一个"活着为了讲述"。她不是那类作家,让她在尘世幸福和写出杰作之间做出不二的抉择,她绝对毫不含糊地选择前者。

这样的向春是令人踏实的。我和向春是严格意义上的好友,她视我为兄弟,我视她为大姐。可不,如今让我选,我也宁可选个令人踏实的大姐,而不要一个神不守舍的"从业者"戳在身边做朋友。

正如许多为文者那样,一提笔,首先从自己的切身感悟写起,向春最初的那些作品,也是从一己之感入手,在密密麻麻的生计中,捕捉心灵里不时经验到的震颤。因为有经验打底,这部分作品向春写得驾轻就熟。她活得热闹,活得有来历,透过文字的表面,你可以看到那个站在作品背后的向春——一个都市女性,全是与尘世用力纠缠的滋味。她所感悟到的,大约与许多这样的女性有着类似的共鸣,于是,因其"类似",看起来就有些简单的亲切。原本,我们如今的文坛,正是这些简单、亲切的作品最容易获得读者的青睐,遗憾的是,写出了同样作品的向春,却没有因之红火起来。这亦是简单地凭借经验写作带来的风险,因为有广泛的共鸣，它不会受到过多的排斥，但是，也因为失之于个性，它又往往容易淹没在共性的洪流之中。

写作之初，向春有些心不在焉，有些犹犹豫豫的心虚，被某些庞然大物一般存在着的"范本"所规约，同时也被自己的细碎感受所绑架。但她真的是在持续地酝酿，这个有着八分之一蒙古族血统的美丽女性，从未间断过对于尘世的热忱，即便消极，也消极得充满了直率的"地气"。这或许都是她所不自察的，她何曾想过，呼朋唤友，古道热肠，大碗喝下的酒，有时候竟也会突然在写作上构成一个燃点；对于尘世热烈的信仰与这信仰受挫之后的诸般折磨，有一天也会突然兑现为对于文学的顿悟。

忘记了是哪一天，向春对我说：我会写了。当向春说出"我会写了"的时候，她差不多已经写了有十年之久。见惯了太多的虚张声势，我必然由衷地信任向春的这个自我判断。

2010年，写了十年小说的向春，"会写了"的向春，写出了《河套平原》。这一次向春令我感到了震惊。她不但一笔抹去了从前那些经验型写作的痕迹，而且，从写作者的身份上，也跨越了男女有别的境界。这个时候，你已难以通过文本来猜度它背后的那位作家，作品本身已经具足完满，以"故事"本身的力量，反驳了我们许多关于"现代小说"的短视的偏见。《河套平原》是一次故事的胜利，是向春自我证明"会写了"的一个确据。在这部长篇里，向春的天赋得到了最大限度的释放，她的那些直接经验与间接经验，和谐地融进了澎湃的叙述之中，而这种澎湃的叙述，在我看来，有着一个熠熠生辉的名字——虚构。她不仅仅在形式上讲了一个民国时期的故事，更是在小说的书写精神上摆脱了"现实"的束缚。从此，她就不再只是一个简单的、令人感到"亲切"的经验型作家，她的写作由此丰富与复杂起来，从一种单线条的格局中脱颖而出，成为一个极具说服力的"从业者"。

而今又要过去十年。已经证明自己"会写了"的向春，在倚仗个体经验的同时，更懂得了去捕捉个体经验的"意义"。如果说多年前的向春，通过书写个体经验释放的只是公共的感受，那么今天的向春，的确已经明晓了"个人化"的独特价值。仿佛一定要经由对于"虚构"的理解，一个小说家才能真正了悟个体经验内在的价值。也仿佛，一定要紧紧将尘世抱在怀里，一个小说家才能够勘破生命虚实之间的边界。

在这个十年里，向春罹患了重大的疾病。她重回"经验"，泣血而啼，奉上了《被切除》《飞蚊症》这样的一批作品。本身是一件讳言的事情，可向春基于她对尘世的信仰，展开了自己的书写。在这个意义上，她替我们罹病，替我们经验重大的痛苦，替我们做病理的切片，替我们"被切除"。这一次，在"被"的空前压迫之下，向春替我们彰显了尘世以及庸常生活本身的力量。

《被切除》是这样结的尾——

回家吃饭！

在"家"和"饭"所构成的人间,一切虚妄才有了底座。此间有大美,文学显本意,那就是:你只有使劲活了,才有可能去使劲写和写得好——当然,这对向春也许没那么重要,因为,在"使劲活"的律令里,她从未放弃灼热地拥抱着她对尘世的信仰。

2019 年 1 月 23 日

辑三　余烬·春风

# 谁喜欢韦尔乔

心脏内科医生韦尔乔辞世,现代医学并不足以妥帖地捍卫一名专业医生的肉体,就像著名的国际友人白求恩轻易死于破伤风一样,肉体就是这样脆弱和不堪一击。除此而外,让我将这两位医生联系起来想象的还有,他们的死亡多少都和自己的职业操守画着等号。众所周知,导致伟大的国际主义战士白求恩死亡的,是一道手术中不慎割出的伤口;而导致心脏内科医生韦尔乔罹病的原因,据他自己说,是由于一直在用一种强刺激性的液体作画,"黄澄澄的药水,被棉签均匀涂抹在事先用蓝墨水处理过的处方上","一张画下来,每每弄得鼻塞喉痒,泪流满面"。结论一目了然,他们都是在工作中招惹了势不可挡的疾病。作为一名医生,白求恩的死亡堪称殉职。而心脏内科医生韦尔乔死于作画中对于形式的固执追求,在此,他的身份已经发生了转移,那就是,被广泛阐述着的韦尔乔,是画家韦尔乔了。

死亡让一切平等,无论医生还是患者,当然更遑论身份了,这么想实在是虚无,甚至是绝望,我们要找出一些差别,用以安慰我们活着的心。那就找一找死亡的差别吧(尽管死亡实在是并无差别的)。简单地说,他们都死于追求。在这个层面上,白求恩的死更接近于一种人性信仰意义上的献身,可以被提炼出某种"精神",同样,医生韦尔乔的辞世不仅将自己完全定义在画家的角色上,并且再一次如同那些早夭的天才一样,为乐于阐释者留下了阐释的余地,于是,他们就都是一个高尚的人,一个纯粹的人,一个有道德的人,一个脱离了低级趣味的人……

我知道自己上面的话纯属胡拉乱扯,起码它与我曾经写过的一些文字是冲突的,譬如,关于韦尔乔的画,我曾经有过"道德中立"的评价,现在,我之所以将他形容为"一个有道德的人",除了对于死者惯常的善意外,还是因为对于一篇有些悼念性质的文章来说,也不太应该写得过分声情并茂。

我为什么会选择这样的态度?

"乔走了……"这条短信也出现在我的手机上。之前,因为朋友的关系,对韦尔乔的病情也早有耳闻,并且多少有些感触,但对于我们那颗旁观不幸时早已习焉不察的麻木的心,一个与自己相隔万里的艺术家的死亡,的确是不足以令自己做出夸张的反应。我收到这条短信时,能够做到的悼念方式便是从书架上抽出了那本《闲情偶拾》。它是朋友人邻与韦尔乔合作的成果,也许,是迄今为止韦尔乔作品在印刷上最为切合其艺术本质的一本书。数十幅作品,无一例外地采用了正反两面的印刷,那些画面背后的病历、化验单、心电图,成为艺术品不可或缺的组成物。如今看来,令人触目惊心,宿命论这样的神秘主义思维不免汹涌而来,以至于我必须提醒自己,克制住过度发挥,避免情绪的虚假亢奋。因为,在我看来,人应该有教养,无论对于死者还是艺术,都应当抱有一种含蓄的态度,尽管顺水推舟地写下感伤的文字是那么轻松。

喜欢韦尔乔的人实在是太多了,多到几乎令一个无关紧要的人插不上嘴的地步。那么,谁喜欢韦尔乔?

对于韦尔乔作品的评价不计其数,大多集中在诸如"大的意境""无法开解的寂寞""梦魇般的阴暗与压抑""宗教的影子以及温馨的怀旧与感伤"这样大差不差却也敷衍了事的句式上,而这种评价语境恰恰符合了喜欢韦尔乔的那部分人的口味——有些抑郁,有些并无大碍的哀伤、寂寞、阴暗、温馨、怀旧。如此描摹一番,这部分人的形象就跃然纸上了,不是吗?有点小资,当然,还有点教养。小资就不论了,除去恶评,讲究格调的作风总是没错的。重点说说教养。教养有时候是艺术的天敌,想一想,污秽不堪的王尔德,粗鲁夸张的凡·高,经典中的经典,他们如果活在今天的小资眼前,并且小资恰好不幸地有那么一点点经典教养,我估计这个有教养的小资会强烈地鄙视他们。然而,韦尔乔却获得

165

了这样一部分人的喜爱，换言之，这是他的群众基础。首先，这是韦尔乔的幸运，这样的群众基础使得他那些介于中式文人画与欧式涂鸦的小幅作品广受赞誉；其次，这当然也是韦尔乔的不幸了，它不免令这位医生那些风格卓著的画作小品化，沦为点缀式的补充与修饰，并且严重遮蔽了其深邃的价值。在这个角度上，我反对将韦尔乔的作品反复作为插图使用。可是，谁又能阻止让艺术去点缀生活呢？谁又可以拒绝让艺术去低水平地普及？不过，艺术属于点缀，属于小资，这话实在是令人难以接受。

也许，这就是艺术在当代的命运？它被广泛地经过教养哺育的人民所推崇，但是人民推崇它的程度也只点到"修饰"为止。这是一个将一切"小品化"的时代吧，从村上春树到卡夫卡，甚至连尼采都成为某种格调，相对而言，韦尔乔就还不算太委屈了。他的画风起码在形式上从尺寸到工艺本来就具有小品化的特征，我不敢想象，把韦尔乔的画堂而皇之地悬挂起来（而毕加索的某些小尺寸素描就有这样的待遇），甚至，他的作品连印在铜版纸上都是不恰当的，它们最适合的角色是当作藏书票，夹在喜爱的书里，在翻开的一瞬间给你恍惚的感动。

需要强调的是，我自己对于韦尔乔是相当喜欢的，我就是喜欢他的那部分人之一，是他的群众基础。那么——我也有一点点小资。我愿意以这样一种身份的确认，以这样一种有教养的态度，向韦尔乔致意。而韦尔乔，在得益于我这样的群众基础时，也请忍受我们的误读吧。

2007 年 9 月 30 日

# 彼岸无岸

彼岸无岸,本是画家杨立强先生一本艺术随笔集的书名,近日读杨立强先生画集,有些感受要记录下来,却没有一个题目,权衡一番,还是觉得以画家自己的书名来做这个题目,最是恰切。

"彼岸无岸,既蕴含了我在艺术道路上所经历的种种际遇,表达了我对艺术事业追求的深层理解和态度,也是我终生为之努力奋斗和不停步的启示。"——此为画家本人的破题之语,想必说得恳切。至于画家"在艺术道路上所经历的种种际遇",我知之不多,也无从猜测,但其"对艺术事业追求的深层理解和态度",却淋漓尽显在我所赏读的这组"故乡系列"的画面上。

如今信笔写些画评的人颇多,大约多是从画家的"种种际遇"入手,所谓"知人识画",这也原本不错。艺术家与艺术品之间的关系,当然有其缠绕的深意,是彼此的镜像;但欣赏艺术品的第一要义,怕是非常需要仰仗某种不被干扰的直觉。比如,你可以不晓得八大山人原是丧国的皇族，但却不妨碍你在八大山人的斜眼怪鸟面前被惊吓到；你无从听闻米开朗琪罗，但却阻挡不住你被西斯廷教堂天顶画上的开天辟地弄得魂飞魄散。此种直觉，当然需要教养的支持，否则你也难以被吓到和魂飞魄散；而教养之构成，"诚实"当属不可或缺的一条吧？我想要说的是，恰有信笔评画者，以"知人"入手"识画"，不过是道听途说了一些画主的"种种际遇"，便笔下摇曳，做起了头头是道的文章。此虽不为大恶，但失在毫无诚实，动摇了欣赏艺术起码的教养根基——你被作品本身吓到了吗？我岂敢以有教养自诩，但不被吓到，断然不敢轻易对艺术家及其作品置喙。

杨立强先生这组"故乡系列"就吓到了我。

画印在四开的画册上，统共二十八幅，全以画家的故乡陇南山水写就。"墨彩淋漓，单纯明净"，这是画册序言中的定评，的确，这样的识读所言不虚，二十八幅作品当得上如此的评语。可在这寥寥数语的背面，却是一个关乎"对艺术事业追求的深层理解和态度"，是一个关乎"岸与无岸"的艺术逻辑。

一个中国画家，入手从艺，必然由传统发轫，从此轻舟逆行，溯向自身文明的源头之岸。梳理中国画史，自唐安史之乱以后，国势衰颓，文人画崇尚佛学，出世思想抬头，遂有了王维的"画道之中，水墨为上"之反色彩檄文。自此，文人画家整体性地放弃对色彩的追求，以遁世、去人间烟火为尚。此极端文化现象，确乎锤炼了笔墨,发展了水墨画,使之达到了东方美学登峰造极的高峰。杨立强先生的这组山水,笔墨坚如金刚杵,柔如蚕吐丝,黑到不能再黑,淡到不能再淡,焦到不能再焦,湿到不能再湿,构图上深谙"少则多,多则惑"之理,显然已得写意文化书写性审美之三昧,由此古意盎然,轻舟侧畔,俨然已是传统之岸。此是杨立强先生这组"故乡系列"对我的惊吓之一。

然而艺术之事,不是百米冲刺,总有一根红线、一个尽头等在那里,由是,"无岸"才成为某种终极性的召唤。传统中国画的水墨语言发展到极限之后,其负面效应便渐次显现:遗传基因单一,艺术模式定型重复,以祖宗之法衡量框定一切,诸般得失难以用简单的语言来估量。如此种种,正是考验后来者的试金石。能够"靠岸"已非易事,后辈艺术家有理由就此止步不前,从此系舟于千古之上,也是一种漂亮的境界。但如果你承认时光在流转,世界在变迁,承认"无岸"的漂泊才是艺术最本质的况味,那么,你就不会停止对于"到岸"的反拨。这是我内心中对于艺术家的一个偏执的要求。

杨立强先生满足了我的这个要求。他的这组"故乡系列",在抵达传统之岸后,有力而又倔强地重新离岸了。由此,就对我造成了新的惊吓。

百年以来,西学东渐,西方美学劈面直入,早有林风眠一辈前贤勾连东西,优化抉择,开启了中国画离岸漂泊的新世纪。纵观

"故乡系列"二十八幅作品,我尤为喜爱其中以青绿为主、用大块色彩构图的作品。在这部分作品中,蒙德里安式的、追求纯粹造型的欲望跃然纸上。色块与色块之间泾渭分明,以浓墨垂直与水平地分割画面,纯然已是"风格派"的艺术旨趣。作为"风格派"的灵魂人物,蒙德里安尝试找出一个"简单的艺术法则",以最简单的造型和知性,来代替描写实物或气氛。他认为"艺术不是要复制那些看见的,而是要创造出你想让别人看见的"。不是吗?此般立论,已经暗合我们传统美学的精髓。艺术家杨立强从古典离岸,泛舟至现代,从东方到西方,艺术之舟的游弋犹如画了一个圆。杨立强眼中的故乡,是一个超自然的世界,除了有形,还有一种秩序之美、韵律之美,水是直的,坡是横的,绘画语言是一切景致天经地义的基石。他用艺术家的态度来看待世界,在画面中追求的唯一效果,是符合艺术规律的和谐,而色与形,合成最和谐的效果,才是最美的"人造自然"。艺术家不就是"人造"这个世界的吗?简单的描摹与复制,总是等而下之的。

有传统,有现代,但依然是中国画。"故乡系列"依然用毛笔画在宣纸上,从总体上,杨立强先生并没有失去中国画的书写性风范。无论在色彩和水墨的使用上怎样无所不用其极,这组作品依然坚持了中国画始终姓"中"的根本原则,那种"现代"形式之下难掩的"古意",亦是我在欣赏时所有惊吓的来源。我惊讶于他是如何做到了这种内在的统一。这就关乎"在岸"与"离岸"的辩证了。无论如何漂泊,艺术之道在于抱一,专精固守不失其道,又是新的境界和新的彼岸了。

没有"终生为之努力奋斗和不停步的启示",断难打通"到达与离去""固守与开拓"这些相悖命题的穴脉,也断难参破"彼岸无岸"的内在玄机。从"识画"始,我对杨立强先生这位艺术家,有了"知人"的盼望,想知道是何种"在艺术道路上所经历的种种际遇",才成就了他今天这般了得的功夫。

2013 年 3 月 12 日

# 写得出来的东西

有一天收到远子的邮件，说是年后要出一本短篇小说集，"现有一个不情之请，不知道你是否愿意帮忙写一两句推荐语？"同时说明"如果你没有时间、不感兴趣或者小说不合胃口，也可以不写。没关系的"。邮件写得简明、得体，让我能够感受到邮件背后那个人略带羞涩却保有自尊的平静。远子我不认识，隐约记得是豆瓣阅读上的一个作者，百度了一下他的信息，进一步确知：远子，原名王基胜，上世纪 80 年代出生，湖北黄冈人，毕业于苏州大学哲学系，现漂于北京。从 2012 年起，在豆瓣阅读发表多部作品，引起较大反响，被网友戏誉为"北漂伤痕文学"代表作家。

百度上的这份简介，在我看来就是一份当下年轻作者屡见不鲜的"格式化"简介——至少得是 80 后（否则也难以理直气壮地被称为年轻作者），受过高等教育（还好，远子读的是哲学，不是吓人的"中文"），漂于北京（总归会是北京），在网络平台上发布作品(豆瓣阅读是我眼中最好的中文电子阅读平台),引起反响(否则似乎也不足以形成一份"个人简介"),被冠以了某种"代表"(即便是"戏誉")。

在很大程度上,这种年轻作者"格式化"的简介正是我们如今文学现场的一个缩影:又一代写作者提笔走在了路上,他们披挂着专属于自己的时代特征,即便没有和所谓的主流文坛形成分庭抗礼的态势,但蔚为壮观,也已声色纷呈。当然,无论是"几0后",无论"主流"与否,文学的本质恒一,那才应当是所有写作者共同确认的唯一准则。在如此的准则之下,我不免怀疑远子发来的作品也是那种年轻作者"格式化"的作品。

什么是我眼里年轻作者"格式化"的作品?那大约是满纸的忧愁或者愤怒或者无聊,不怎么节制或者过分地想要表现出节制,说相声般的腔调或者鸡汤美文,普遍的不屑于耐心,试图以无可狡辩的模仿去否定模仿的对象……这些当然都是夸大之词,但不夸大,好像也不足以找出规律。这些被"夸大"了的特征,也算不得是天大的罪过,它们也不仅仅只是该当年轻的作者们警惕,但此类"格式化"的作品读多了令人反胃,却是千真万确的生理反应。

远子发来四万多字,由九个短篇构成。对这九个短篇的阅读,部分印证了我的预判,它们的确有着"格式化"的影子,但同时,它们也部分地矫正了我的偏见——原来,"格式化"中也隐含着文学的规律,而所谓"规律",不正是某种"格式化"吗？我所反感的,大约只是被夸大了的格式化,而"夸大"往往会令阅读与写作都归于失败。当我抑制住自己的"夸大"之心,安静地阅读远子的小说,我觉得我被这些小说打动了。它们并没有超出我的阅读经验,从形式到内容,都没有溢出文学既有的边界。它们"格式化"得适度,有着中规中矩的范式,作者的文学志向一目了然,从哪里得来的教益,往怎样的方向努力,都有着可以被追溯和预见的方向。也许,远子打动我的,正是这样的一份"清晰"——行文的清晰,态度的清晰,文学教养的清晰。这份"清晰"满足了我内心的"格式化",使我部分地与年轻作者们的"格式化"达成了和解。

博尔赫斯如此总结着我们的眼高手低："我们都只读我们喜欢的读物——不过写出来的东西就不一定是我们想要写的,而是我们写得出来的东西。"那么,这些作品就是远子所能"写得出来的东西",他明白自己的能力所在,老老实实地在自己的写作中实践着。我所看重的,就是他作品里那种对于自己既有能力的诚实展现。而我们的写作,实在是容易去炫耀超过自己能力的野心,于是就过度"格式化",就恣肆,就不检点,就装腔作势。

现在,《青年文学》在这九个短篇中遴选出来三篇。这三个短篇都有着复调的形式,有着我所认可的写作观念与素养。《人人都有初恋吗?》捕捉惝恍微妙的瞬间,太多写作者习惯在小说里竭力放大一己的体认，但远子通过一己之念，意欲去推演"人人"的心情，因此，他的一己之念写得寻常而朴素，既可被我们理解，也敦促着我们理解世界。《夫妻》与《人人都有初恋吗?》有着相同的调门，或者说，它们都共同缺少着一种小说所需要的"故事性"，但小说中"故事性"的缺乏，顶多算是遗憾之一种，并不能成为我们判断小说的唯一标准。事实上，我们庸常的生活本身，湍流暗动，"故事性"已经内在于其中。诚如有一次聊天，李敬泽先生所言，"这个时代即便是夫妻关系，都充满着惊涛骇浪"。当远子写下"他发现他写下来的总是不如他讲出来的那么动听，而他讲出来的部分又不如他藏在心里的那部分精彩"时，正是对这样一个事实的招认，同时，也是对博尔赫斯"写得出来的东西"的另一种呼应——与勉力书写跌宕的故事相比，书写生活所规定的那份局限，同样自有其宝贵之处。这是写作的困境，尤其对一个年轻作者而言，两种倾向都有风险，在小说中追求故事的传奇和冷静描摹生活本身的憔悴，都有可能让写作倒向虚夸浮浪，成为掩饰写作能力欠缺的托词。远子的小说语言弥补了这两个短篇的不足，我很喜欢他这种没有被时代"痞气"劫掠而去的文风，知性，优雅，自有一股清洁的自尊。我个人更喜欢《夜晚属于恋人》。在这个短篇里，远子借助一件我们都不陌生的真实往事，对应着"人"的本质，写出了某种寓言化的事实——"一个自由自在无所顾忌的纯真时代，一个属于全世界恋人的美妙夜晚"，是可能逃开文明的约束、法律的榫楚、道德的桎梏，在承认并且张扬人的有限性的夜晚，得以实现和成立，就像那个"夜晚"属于恋人一样，这样的寓言，也属于文学，它为"人"申辩，蕴藉吞吐、言短意长。

《青年文学》的《一推一》这个栏目，有着"负责制"的味道——推者似乎应对被推者的文学品质做出担保。在我，"担保"之意怕是难负其责，我对自己的文学品质都不敢打包票，我所愿意承担的，只是对于远子这样的年轻同行给予尊重的义务。所以，我也贸然给他即将出版的集子写下了这样一段话：

> 在这本集子里，我得见一个好的小说家应有的那份对所为之事的忠实之魅——魅是什么？是貌美的鬼和吸引人的力量；我从中窥到某种发轫的迹象——发轫是什么？是拿掉支住车轮的木头，使车启行。而我们现在要做的，便是拿掉绊脚石，让远子这样的"鬼"衔枚疾走。

**2016 年 3 月 1 日**

# 重返时间的怀抱

——《望春风》阅读札记

　　当这部小说读至四十余页时,我在想,如果多年前,我读到的不是《迷舟》《褐色鸟群》还有《相遇》那样的篇章,而是"不幸"首先遇到了这部《望春风》,我还会如此地喜爱格非吗?

　　此时,我大约读到了这部新作的八分之一处。

　　这个念头几近冥想,它开始温和地折磨着我,一直伴随着我读完这本书的最后一页。它当然是无解的,没有一个确凿的答案。因为时光本身无可转圜。我从少年时期就被格非作品的那种气质所说服,在某种程度上,那种气质还在塑造着我其后的写作。这是事实,它无从推翻。但这个念头也不是完全不能够追究,毕竟,追究前辈,于我并不是一个思想的禁忌(谁又会是我们文学信仰中不可置疑的禁区呢? 我想是没有的,也不应该有)。而且,这种冥想般的追究,本身亦是阅读这部小说时带给我的快感之一,由此,我得以与自己心目中的小说英雄默默交流,体验与感知着他的嬗变,甚而宛如与他共同漫步在时间的河流之中,领受那生命本身对于一位优秀小说家仿佛潮水一般漫溢而过、浸透身心的覆盖。

冥想之中我隐约觉得,多年前,如果我是通过这部《望春风》与格非相遇的话,那么,我极有可能不会喜欢他,起码不会那么地喜欢他;我极有可能错过这位前辈,并且因此极有可能会更加地迷恋余华和苏童,从而令自己的审美缺少了某一部分重要的面向——那种迷离与惝恍,还有极富智性的格调。

为什么呢?这里的因素委实复杂。它事关我自己年轻时的阅读经验与性情,事关文学的风尚乃至个人的教养,也事关文学之事某种规律性的限定。昨是今非,其间的差别,辨析起来,实在有益于我梳理一番自己如今的文学态度。但这种梳理难以条分缕析,在我看来,也不用条分缕析。在清华授课的格非也许应当将自己的文学态度"教案化",但作为小说家本身,他一定也会深谙文学态度"模糊"的重要性。

写作初期的格非,与今天的格非,孰高孰低?

这恐怕是我在阅读《望春风》时一个潜在的追究。

看起来,它似乎不该成为一个问题。显然,格非的写作之路如果是循着一条品质递减的曲线(这样的作家并不鲜见,写作之路断非攀爬台阶),我们今天也就不必专门郑重其事地打量他了。事实上,在我心目中,他是那代小说家中最有能力前行不倦的一位,他在每一个阶段,都有着令人信服的文学实践。这样的认识,目前我依旧未曾动摇。

那么好了,我们先假定《望春风》是一部杰作,回到萦绕着我的那个冥想:为什么,当我在年轻的时候,读到也许具有更高水准的作品时却不会格外喜爱?那时,令我格外喜爱的格非,又与今天的格非有着怎样的不同?

前一个问题可能无须过度回答,是啊,它显然与年轻的"肤浅"有关。可是,冥想之中,我却拒绝为之遗憾,反倒下意识地想为那种年轻的"肤浅"申辩:彼时,我所读到的那个格非,创作时也许更多地依赖着天赋的才情,他真的是在"写"和"作"小说,令他充满热情的,是那种近乎本能的、更接近于"肉体能力"的冲动;这位天生有个"小说家身段"的人,凭着本能起舞,便已经舞姿蹁跹,风度迷人。这样的小说家,好像最能捕捉年轻而敏感的心灵,因为他的"美"一目了然,你几乎不需要经过大脑,仅凭感官便能够将其辨识、为其打动——当然,前提是你的感官也需要一些天赋的赐予;这种美几乎注定就是有些"不耐烦"和"不屑于"的,很多时候,它还会有些"高冷",有些排斥人的傲慢,它不解释美,只负责呈现美,而这种对于"美"的释放,不正是应和了年轻人那颗不耐烦与不屑的心吗?想一想博尔赫斯吧,他从来不乏年轻的拥趸。这有错吗?当然不,即便它"肤浅",但也"肤浅"在"美"的原则之下,并且,这种审美的发生,也许还更加接近"美"的本意。

当我如此想象了自己从前的审美时，一种隐隐的不安便露出了头角——眼下，我正阅读着的这本《望春风》，它不美吗？

至少，它看起来并不完全在我年轻时的文学审美之中。它"平铺直叙"，乃至有些"陈词滥调"，它"不精致"，某些段落甚至像一个"基层写作者"写就的，它少了一种"腔调"和显而易见的"姿态"，不再像一个曼妙的舞者，而是有如笨拙的路人。

但是，我却被它裹挟而去。就像行在路上，一个风尘仆仆的路人与我擦肩而过，我却身不由己地跟随着他走向了远方。他几乎没有强烈地诱导我什么，但仅仅以"风尘仆仆"的行走便召唤了我。在不知不觉中，我从一个对于"跳舞人"的迷恋者，变成了老实巴交的赶路人。

这里面隐含着对于自己的否定。要知道，我曾经宣称过自己的审美早已在少年时便顽固地定型了。

瞧，轻率的"宣称"是多么要不得。

当我们"宣称"什么的时候，最大的风险在于，我们一定是忘记了"人是会变的"这条铁律，而这条铁律的背后，就是那无往不胜的"时间"。

一个不容辩驳的事实是，如今的格非，除去标志性的华发，也真的已经是过了知天命之年的人。这就是"时间"的不由分说。小说家格非开始变得"耐烦"了，开始以"正如你所知道的"这样的句式平视读者。我很难在当代中国作家中找到一位像格非一

181

般如此服从在"时间"铁律之中的作家,他的写作因循生命本身的愿力,几无"抵抗"的妄念,又断非"随波逐流"式的任其涣散,以一种"自觉"的服从,因势利导着自己的境界,并且有勇气告别曾经的"美",在更为阔大的天地间"我瞻四方",于"蹙蹙靡所骋"的局促中神奇地获得力量。

我承认,这样的格非,在我少年的时候,是无从理解与欣赏的。但我同时又如此安慰自己:若非昔日少年时对于那种"姿态"之美的向往,我也极有可能无视今天的格非,无视那风尘仆仆的路人,从而在很大程度上轻视这本《望春风》。这是生命的递进,同样是拜时间所赐。

当然,《望春风》本来就是在写我们的"时间"。

读这部小说之时,对于它的诸多评述已经铺天盖地,其中不乏我所信任的师友们的宏论。但我要求自己避免去看,我非常担心自己的阅读因此受到暗示,循着某种路径而去。这种对于阅读的"强制",于今越来越成为一个常态,即时的甚至超前的评论越来越"收窄"着我们具体而微的阅读感受力,几乎已经开始和我们抢夺作为一个阅读者本应享有的那份权利。所以,对之报以警惕,也应当成为我们阅读的一个"新常态"。然而那些评述的题目还是进入了我的视野,当"历史"这个词频频出现时,我已经开始担忧,我的阅读会不会因此倒向那种我所竭力想在阅读小说时避免陷入的"社会学意义"分析,那样一定会牵制我的审美,损害我正当的小说阅读能力。

这种担忧并非一定正确,我也不会无视格非作品的那种"社会学意义",但是,对于格非,我从来期待的是一种无从说明的"洪荒之力"。

于是,当我翻开《望春风》的第一页时,我已经在心里将"历史"置换成了不算离题太远的"时间"。我是被"时间感"笼罩着去读这部长篇的,并且,被这时间之感所笼罩着的,还有我对于格非本人的想象,对于我自己的想象,对于国家的想象,对于世界的想象。

亦有对于我们今天文学局面的想象。

我在想:这样的小说,今天还有多少人愿意读呢?

没错,格非在这部长篇里完整地重塑了我们五十年的"历史"。五十年,长吗?这样的一个时间维度,对于一个欧洲人而言可能宛如昨天,也许他们家里的卫生间还挂着当年的热水器(一个欧洲品牌的热水器广告就是这么宣传的),然而,对于我们,端端地就有了"历史"那种"遥不可及"的强度。我曾经猜想:在今天的年轻人心中,没准这五十年对于他们的意义,跟唐朝都没有什么格外的不同。当五十年进入到我们"历史"的序列里时,他们还会发生广泛的兴趣吗?要知道,"历史"如若成为他们阅读兴趣的焦点,往往只是因着对于帝王将相的"政治性"描述,而对《望春风》这般芸芸众生的"历史",他们还会倾注自己的热情吗?尽管，这"历史"中的芸芸众生里，就有他们活生生的叔叔阿姨，就有他们依然健在的爷爷奶奶。

这就是我们今天书写与阅读的悖论之一。我们的读者，对于这段近在咫尺的"历史"，有一种令人吃惊的冷漠。一方面，这是因为我们的现实太过急遽，一闪之间，似乎就最为合理地闪过了这距离最近的五十年；另一方面，某些不言而喻的书写限制也在成功地屏蔽着读者的阅读愿望。可是，当我们在书写"现实"时，笔端稍微延宕一下，向上追溯不过几十年，就是一个"古代一般遥远"的"历史"。这令今天的写作在一种古怪的逻辑里打转——我们不过是在书写"现实"，却往往会被视为在书写"历史"，而读者又对这样的"历史"毫无兴趣——它离读者太远了，五十年长于五百年，他们有理由不感冒；它又离读者太近了，近到他们推开家门就能领教，这也同样地让他们有理由不感冒。并且，当我们一旦溯及这短暂的"历史"，那种惯性使然、无从避免的基于"乡土原则"的书写方式，在今天"城市化"的基本事实里，还会遭到读者其实也无可指责的轻慢与排斥。于是，这样的书写，"有效性"都遭到了质疑，作家与读者，仿佛并不在同一个"时间"里，书写的"空转"由之便难以避免。

在如此的局面下，如果还要过度强调小说的"历史"含量，只能将文学约束在一个非常狭窄与尴尬的境地里。在我看来，那种以"历史"为抓手去评价《望春风》的论述，可能是在抢夺后人的话语权,那种目光理应悠远,需要更长的一个时间跨度,才能赋予它可靠并且理直气壮的正当性。即时性地以"历史"来廓定这部小说,非但轻易,甚或有害。

格非是在写"时间",但却被解释为写"历史"。

这的确有些令人无奈。而对于这种"无奈"的体认,恰恰也是《望春风》中最不可忽视的一种品质。格非应当太清楚那种"再也回不去了"的心情,他清楚到了这样一个程度——好吧,一切都结束了,田园荒芜,人畜离散,那些五十年来在大地上行走着的、生长着的一切,与我们血脉相连,却又毫无瓜葛。

这种对于一个时代的准确把握实在惊人。它的价值甚于"历史分析",乃至可以无涉对与错的判断,无涉赞成与反对,它提供给人的,完全是一种唯有通过文学手段才能固定下来的、中性的生命况味。

不错,就是"血脉相连却又毫无瓜葛"这样的情绪。今天的人们,就是这样不关心自己的来路,不关心自己的归途,对于血脉相连的事物,连一个冷眼旁观者的心情都没有。

这种情绪弥散在整部书中,令这部小说有种奇怪的"冷漠的哀伤"。过了知天命之年的格非,这一次用他的笔"反哺"故乡,又一次证明了他作为一个杰出小说家的那份卓越。他没有倒在此类书写那种司空见惯的强烈情绪里,没有"送葬般"的哭天抢地,他甚至都不是在吟唱挽歌,他只是有如一个过来人一般给你絮叨往事。他不着力赋予这往事某种"意义",因为,他已经置身在时间的河流里,知道在这样的一条大河中,一切本无"意义"。他非但知道"人是会变的",而且也接受了"人是会死的"。但他并不消极。小说里的"我",年少时便无父无母,成年后遭妻子背叛;他逆来顺受,看上去倒也大而化之,始终有股无动于衷的气质;他有虚无感,却从不绝望,仿佛呐喊一声,都是对于那种"无意义"的破坏。于是,时间大河之中的"无意义"成为"意义"本身,却让过往的一切格外肃穆和庄严起来,一种难以言传的、"再生"的希望反倒孕育其中,生生不息也由此成为可靠的盼望。

格非是如何达成这种效果的呢?

首先,这当然是小说家世界观的胜利。这个年纪的格非,牢牢地抓紧了"时间"。如果说,早期的格非只是被上帝赋予了那种对于"时间"的敏感,如今的格非,则是在逐步化为"时间"本身。《迷舟》时期的格非披着"时间"的皮肤,现在的格非长着"时间"的骨骼。他知道了,不可为而为之,也知道了不可为便不为又如何。所以,他才能在小说的结尾既看到时间的覆水难收,又看到时间的周而复始——

> 到了那个时候,大地复苏,万物各得其所。到了那个时候,所有活着和死去的人,都将重返时间的怀抱,各安其分。

而这样的一个憧憬,格非是以一个"假如"来作为前提的——

> 假如,真的像你说的那样……

这种转折与递进，就是世界观的回环。当格非如此动情地憧憬之时，他其实已经确信了那个"假如"，同时，当他使用"假如"的时候，也已经接受了无从憧憬的可能。

这个结尾格外突兀。小说家格非突然从"冷漠的哀伤"里苏醒，深切地写下了这样的一笔。要知道，整部小说他都是以一种简朴的、"基层作者"般的笔调写出的，那是他如今的小说理想，是他对古典叙事的致敬，他让叙述者基本保持了一种不甚"雅致"的语言，还不时扮演起低俗说书人的角色，但是，行至结尾，如同水落石出，小说家最终还是回到了那个我们熟悉的"格非式的腔调"里。这是一个轮回，是时间的秘密，它让我看到，望着春风的小说家，重返时间的怀抱，已经岿然站立在了浩浩汤汤的河流里。

于是，这同样也是小说家技术的胜利。

格非是既有理论自信又有实践能力的小说家。近年来，他对古典叙事的精髓多有阐释，这一次，终于将其兑现在具体的写作中了。我没有统计《望春风》里究竟写了多少有名有姓的人物，但是，它的确有着古典小说那种"纷繁"的面目，人群熙攘，琐事此起彼伏。一切似乎都是未经剪裁的，那些人和事就像庄稼一般生长在纸面上。阅读期间，我一度被工作打断，间隔了一周后重新拾起，居然也毫无阅读的障碍，这种感觉在阅读长篇小说时非常鲜见。就是说，这部小说你是可以随时进入的，尽管它的人物关系颇为复杂，个个沾亲带故，但进入它，却像进入一个村庄，所有的人其实并不需要你格外熟稔,他们就在那里,你来或者不来,他们都在生息,都在顾自热闹而又安静地活着。他们之间本身就在运行,你走近了,竖起了耳朵,便能听到波诡云谲的故事;你离开或者无感了,他们便静谧得如同一堆古典小说中画在纸片上的绣像。

不错,就是绣像。尽管面目各异,却依旧有着"平面"的雷同。将一众人物写得平面而又雷同,这岂不是小说家的失败?——这样的认识,依然基于我们那种对于现代小说的迷信。但是如果我们仔细回味,是不是又会发现,这种对于众生"抹平"一般的一视同仁,恰恰是古典小说带给我们的某种阅读感受?当然,林黛玉与王熙凤是何等的迥异,但当你合起《红楼梦》,她们又是何等的一致?这种一致,是一种生而为人的内在的一致,是红尘之中芥子一般的一致,读这样的书,正是要让你忘却分别之心,在更为浩大的时空里去俯瞰生命。《金瓶梅》中的那些人物,怎么会有一个能令你犹如记得安娜·卡列尼娜一般的记得?这是完全不同的两种审美路径,背后是完全不同的两种世界观,孰高孰低,也许本身就不能构成恰当的比较。

格非如今峰回路转,在我看来,亦是重返时间怀抱的一个象征。他在拓宽我们的小说观,如此践行,也许是又一次充当了我们的"先锋"。而且,这一次领跑,格非提供给我们的经验,相对于小说的技术,也许某种小说的"伦理"更加值得我们重视。在《望春风》行将结束时,格非娴熟地套进了自己"现代"的小说技术——他让主人公完全站出来和自己的妻子讨论起小说的走向。这并不重要(尽管非常精彩,在小说手段上有效地令古典与现代卯榫在了一起),重要的是,格非在这"现代性"的段落里,写下极具意味的一笔——当叙述者的妻子反对丈夫将笔下的熟人写得那么真实、醒龉时,说道:

讲真实,更要讲良心!

这句话,不啻一个遥远而古老的提醒,从我们的"时间"深处钟鸣一般地回响着。它试图唤醒的,正是一种我们早已弃之如履、一度视为糟粕的伦常。妻子拿来管制叙述者的这个"良心",就是那个曾经安顿我们一切的、敦厚的中国精神。当我们已经习惯不假思索、条件反射一般地在小说中以"不惮"与"恶意"来残酷解剖人性的时候,当我们力求"真实"而罔顾"良心"的时候,格非开始重申某种亘古的叙述原则。也许是时候了,新文学运动以降,一百多年以来,我们在文学实践中快意地屠戮着笔下的众生,如今,是否该像重返时间的怀抱那样重返我们的叙事伦理? 即便这样的重返有着太多的变数,但至少是一种具有宝贵价值的省察,在这个意义上,理解格非,也许与理解鲁迅先生有着同样的难度和意义。

而毋庸说明的则是,周而复始之间,衰败与复苏才能够互为轮替。这,也许正是时间与写作双重的奥义。

对于那样的方向,格非可能也未必眺望得笃定与清晰。但依然如此——小说家岂能像个教授一般的条分缕析？正如他在这部长篇中望向春风一般,他还是为我们保持住了一个小说家应有的身姿——

我朝东边望了望。

我朝南边望了望。

我朝西边望了望。

我朝北边望了望。

2016 年 9 月 18 日

# 水底的手筋

"水底"是因为,这本我通读了两遍的书以之为名,曰《水底的火焰》。"手筋"是因为,木叶几近顽固地喜用这个词,而每每过眼,这个词都令我下意识地生出些略微不安的、"一使劲"的心动。

真的是通读了两遍。读罢即彷徨——我通读了两遍的,是一本什么书?这一问,似乎不构成问题。此书收在"青年批评家集丛"的名目下。强迫症患者专门去翻版权页,"文学评论"也白纸黑字。如果白纸黑字即是真理,那么一个奇迹就要发生——在我的个人阅读史里,从此便有了将一本"文学评论"连续通读了两遍的纪录。但纪录哪有这么好创造的?

"安妮,已经是许许多多人的宝贝。"——木叶这是在"论安妮宝贝",文章起始,他就撂下了这么一句。如此文风和语式,跟我所熟悉的那个"文学评论"距离远矣。但木叶的确是在对文学之事发言,也写下了"文珍是一个文本样貌独特的作家"这种标准的"文学评论"句子。两厢合力,就令我有了命名的犹疑。我不大情愿将自己读到的视为一本"文学评论",可我也不大情愿将之简单地归给其他文类,譬如散文或者随笔,要知道,如今"文类"这种事,好像名声都有些堪忧。对于一场阅读,命名重要吗? 当然,这没那么重要。可正是因为竟受困于"本不重要的事",对我才构成了一个颇费思量的困扰。我不禁要追究,为什么我会"不情愿",这种有点任性甚至自我撒娇嫌疑的闹情绪劲,究竟是为了哪般? 莫非,我在潜意识里会排斥将一本"文学评论"连续通读两遍? 莫非,那就像一个贪嘴的儿童拒绝接受嘴里的巧克力被人蛮横地说成是一口馒头? ——他接受与否,端的没那么重要,他只需信任自己甜蜜的口感就好。可命名的误解又千真万确地会妨碍他的味蕾——那种微弱而又任性的、自我撒娇式的、儿童的主观的幸福感。问题接踵而来。譬如,何以就"巧克力"了? 何以就"馒头"了? 我这种颟顸的偏见,是如何被娇惯出来的? 等等。那么好吧,不要太缠绕,姑且就让我将木叶的这本书称为"集子"。

回答完问题,《水底的火焰》在我心里便完成了名正言顺的塑性。如果多年之后再度想起,我会将自己此间的记忆定格为阅读了一本"集子":在这本集子里,有道伸出的"手筋"与我水草一般地缠绕,它触动了我长久以来不曾满足过的任性的味蕾,唤醒了我蛰伏的本能与偏见。显豁的还在于,这一切发生时,我心灵的场景,如在水底。

"水底的火焰"语出庞德,"我的爱人像水底的火焰/难寻踪影"。关于这个意象,木叶自己给出了排比句的阐释,它:

> 代表了我理想中的批评文本与批评状态,虽不能至,然心向往之……这支水底火焰的境界为什么令我迷恋?就像爱人一样,"她"是有难度的,幽深,难寻踪影,不易抵达,对"她"的爱有赖于体恤,更有赖于自我的沉潜,发现与创造;"她"有一种纯粹,又有一种明亮;"她"有一种穿透,又有一种魅惑;"她"意味着一种负重,一种对困难的正视,一种多重压力之下的自在生长,同时还表现为一种巨大的轻盈……好的文学批评,始于困惑,面向光与自由。

木叶说明白了吗?至少,我觉得我大致听明白了。证据是,他在集子里将这句"灵魂句"用在了孙甘露身上——

> 他那"水底的火焰"般的想象力,逼迫着你的想象。有时急促,有时是急促的优雅。

你明白孙甘露吧?那么好了,你可以将孙甘露作为一个注脚(前辈有时就是让我们用来做注脚的)。这个注脚大约有如此的象征:当格局感和远大抱负受困于时代,依然具有浩渺的耐心,在急促中保持优雅,在困局中保有行动的能力而不是高声喧哗或者夸张呻吟。约略的,我们可以将之称为"水之气质"。

证据还是,恰好,在我自己刚刚写完的短篇小说里,也有水底的事物——

> 再一次,他重新下潜。他的脚不断地下探着,自问是否能够踏到湖底,或者这湖是否真的有底。终于,他感到脚底下就是铺满淤泥和砾石的河床。他在水中翻转身体,伸手触摸。或许因为这一切都是在静默中发生着,他感到自己完全身在一个不真实的梦境里。每一次伸出手,水的阻力都让他仿佛是捕捉到了不具形体的珍贵之物;每一次伸出手,都像是一次与熟悉事物的邂逅。那是一种饱满的徒劳之感,又是一种丰饶的收获之情。

比照一下腔调(谁还不会用排比句?),如果我写的算是小说,那么木叶写的就可以不算是文学评论;如果木叶写的是小说,那么我也可以做一个青年评论家。于我而言,那"饱满的徒劳"和"丰饶的收获",大约便是木叶的"始于困惑,面向光与自由"。基于这种一厢情愿的确认,推己及人,我揣度木叶多半算是我的同类(能把孙甘露也算进来吗?)。在审美上,此类专注于"幽深,难寻踪影,不易抵达";在情感上,此类"有赖于体恤,更有赖于自我的沉潜"。如果非要做出一个概括,那么好吧,此类家伙可能偏于"柔性"的水之气质。

"水底"难道不是一个柔性的指向吗(你瞧,有时我们就是这么简单粗暴地划分着疆界)?就像这本集子的副标题——"当代作家的叙事之夜",当"夜"与"水底"同时被木叶遴选,他便无从遁迹地显露了自己心智与审美的潜在属性。整本集子,几无虚言,判断中肯准确,且句子馥美,漫漶一般流淌着卓然的才华。木叶将他的立论与表达统摄在"叙事之夜"这个充满了洞识与深情的苍穹之下,将他的颂扬与批判沉浸在"水底"那种密布着多重虚无与盼望的压迫之中。洞识在于,"叙事之夜"这个具有强劲分析优势的隐喻,足以自洽地成为他对写作现象进行判断、对文学进程展开观察的贯通性理论武器;深情则在于,夜晚那无须说明的、迷人的沉凝与低迷;而虚无与盼望,则是水中捕风捉影之时的手感与心情,它被莫须有的阻力所拦阻,亦被莫须有的浮力所推拥。木叶水中持火,极具说服力地为我们照亮了余华,照亮了苏童,照亮了格非,照亮了孙甘露……他将这些小说英雄的得胜与挫败给予了夜晚的关照和理解,并且,也给出了天明的期待和信任。

我之所以不情愿将此番阅读视为一个对"文学评论"的阅读,完全是有鉴于过往惨痛的经验。以往我惯常会在阅读一本"文学评论"时心生按图索骥之心,照着书中论及的对象再去读读原著,从而形成善意但多半会是恶意的参照与印证——通常,这种读物都是那些一味用强的产物,它们刚愎自用,以桀骜的奚落为能事,于是也将它们的读者拐带得尖酸刻薄,犹如石头撞上了石头。但此番我遇到了水底的木叶,阅读时便毫无了那种"鉴定"的冲动。我没有因为读了他的文字而生出延展阅读的妄念,没有了要去碰撞什么的"歹意",而是不自觉地融入了水底的深处。《水底的火焰》如是自足,它在很大程度上即是我所理解的"文学"本身,并不是或者至少并不完全是那种如同石头叠加一般"基于文学"的"评论"。就是说,"评论"在木叶笔下,达成了"文学",他以"叙事"的方式,讨论着"叙事"的问题。这,就事关木叶的"手筋"了。

"这种纯文学与类型文学的似与不似,是手筋……"

"韩东的手筋在于……"

"苏童的手筋在于……"

"安妮的手筋首先在于……"

"张爱玲之手筋……"

整本集子里比比皆是这样的"手筋"。这个被木叶娇宠的修辞,是什么意思呢?原来,它是一个围棋术语(我猜测木叶的灵感大约也是由此生发),大抵是"灵感之下的妙手",指棋手处理关键部分时所使用的手段和技巧,"筋"有两方面含义:功夫和境界。它还是我们古老文化里玄奥的所指:"筋"是"精髓的""经络的",与之相对的概念是"肉",指向"平庸的""体积的"。没错,答案来自网络搜索。百度难得让我觉得靠谱了一次,它将我隐约的体悟给出了漂亮的定义——功夫和境界;相对于"平庸"的"精髓"。

那么,木叶的功夫和境界,木叶相对于平庸的精髓的"手筋"是什么?

首先,诚然是他那种"水底"的气质。胡安·鲁尔福曾发出叹息:"在墨西哥的最后几年,我感到有点孤独,有点孤僻,有点离群,几代新作家占据了一切,甚至出现了'职业文学'必须用的一种时髦的写作方式。人们写了那么多小说,像火苗,像火焰……"抛开这段话的本意不论,我想,那种令鲁尔福倍感压迫与厌倦的"火苗"与"火焰",所指应当是明确的:它是"职业文学"的,是"时髦"的,是"活跃"而"灼热"的。鲁尔福这是在说小说,可如果木叶所写下的,真的是一本"文学评论",那么,他以"水底"框定"火焰",正是在自觉抵御某种过分时髦、过分职业、过分活跃和灼热的批评语境,是在将某种放纵、放诞甚至放肆的"文学评论"清醒地重新拉回"文学"的怀抱。

集子里讨论的都是小说问题。在我看来,"柔性"的木叶恰是理解小说这门艺术的上佳人选。他不冰冷,鲜有傲慢,富有包容力。他像诗人一般激赏火焰的升腾,但更多的时候,他也像一个真正的小说家那样,深刻理解架构柴火的艰难。他比他的许多"占据了一切的"年轻同行都要显得稳重,显得更加尊敬常情,罕见矜才使气。他的批判都像是同情,苛求都像是宽宥,提问都像是允诺,谴责都像是勉励。他让"评论"靠近了"文学",即便偶尔有些报纸副刊的趣味,也水乳交融,胜过坚硬的杂耍和炫技。木叶在集子里引用了 D. H. 劳伦斯的观点,反对那些"把拇指浸到锅里"的作家,对此,特里·伊格尔顿解释为"小说是多重力量的平衡,除去其他因素,自有一个神秘、不受他人控制的生命,作者不该打破这个微妙的平衡,强行实现自己的意图"。木叶将之征用,

197

亦可作为他文学立场的说明:他深知"平衡"之重要,"微妙"之高级,文学之"水"的属性,所以,他拒绝评论的"强行",拒绝把拇指浸到锅里,而是可贵地把火焰置于了水底。在这种观念的映照下,见地才有了饱含张力的可能,水火相济,赞成与反对都不再向度单一,具有了辩证的难度和谅解一般的理解力。但这并不表明木叶此种"柔性的批评"必将失之于"柔和"——要知道,水底亦布满着压强。

这本集子里论及的作家和作品,大多数是我所熟知的,然而木叶给出的判断却时时令人耳目一新。即便是共识,他也给出了令人信服的理由,遑论那些对来龙与去脉都别具新意的捕捉。

而使命感与功利性有时亦不过咫尺之遥。

叙事更圆融了,技巧更好了,小说也更立体了,但缺少了那种本能的不由分说的激荡与冲击。

那些貌似没毛病的地方,貌似读着很顺很轻松的地方,往往正是问题的关键。

…………

他这是在讨论徐则臣,讨论路内,讨论笛安……这些我所谓"熟知"的同行,除了他们的文本,想必也不乏木叶人际关系意义上"熟知"的个人。可水底的木叶,亦燃放着严厉的火焰。这水底的火焰所向,至少灼热了我的感受。木叶手筋所擒住的命脉,神奇地在特殊性中含纳了普遍性,他对时代和人性的奥义,对小说

198

艺术本质性的苦谛,有着直觉一般切肤的敏锐,眼光将一个个"个案"眺望出了"整体性",即便是在拷问具体的对象,也有着一种囊括本质的抱负。所以,你可以不知道韩东、冯唐,但也会在水底受到启发;你可以没读过阿乙、赵志明,但也能被火焰唤醒警惕。

如同物理公式的定律"水底的压强取决于水的深度",我所理解的木叶的手筋,也许更多的,就是源自他的那种情感的深度。这是一个具有深情的"青年评论家"。可是约定俗成,"文学评论"难道不是更加要求理智的强悍吗?喏喏。对此,实在也不必大费思量。如果你不那么时髦,如果你恰好见识过那种过度迷信于理智,或者干脆就是情感过度匮乏的机械派的刀斧手,如果你不那么"职业文学",不那么依赖"火苗"和"火焰",你就会明智地承认,更多的时候,我们寄托于文学的,说到底,只是,也只能是那种可以共鸣的"情感的深刻"。正是源自情感的深刻,木叶在一个特定的水位里,对熟知的对象才能不惮严厉,同时又明白"让鲁迅先生再生于当代,他自己怕也学不像自己",才信仰混沌凿窍,动情地写下"有时,错误也是一道光,朴钝与无力也是一种力"。

借由这种"力",木叶堪当我们这个时代青年写作者的对手。至少在我的视野里,从此会有这样的一个"青年评论家"立住了水底的身形,与我们遥遥相望,不断地伸出那道沉潜于水底的手筋:每一次伸过来,水的阻力都让你仿佛是捕捉到了不具形体的珍贵之物;每一次伸过来,都让你像是一次与熟悉事物的邂逅。那是一种饱满的徒劳之感，又是一种丰饶的收获之情……就这样，他和你掰着手腕，绕着指尖，做着事关文学、事关生命态度的搀扶与角力。

2018 年 3 月 24 日

# 是谁在替我们数算着日子

2017 年 1 月 23 日,离过年只剩下四天时间,青年陈子衿和自己的母亲去医院做春节前的最后一次复查。他在这部十余万字的"抗癌日志"中,鲜见地记录下了一个确凿的日子——具体到了"23 日"。

不足一年前,青年陈子衿被确诊为"淋巴癌"四期,这个在豆瓣阅读平台自我定义为"90 后,生于湖北,高龄隐形正太,资深圣母。靠脸吃饭未遂,只好深度挖掘不存在的才华"的年轻人,时间轴至此位移,在另外的时空里旋转。

消毒水,无菌舱,手术,化疗,恶心,呕吐,深夜闪烁的手机和电脑,陌生到近乎虚构的读者……

2017 年 1 月 23 日,七个月后,这个日子被青年陈子衿如是补录:

> 抽完血,我便坐在电梯间的椅子上等结果,我妈去加热

饭菜了，做完移植出仓后，我依旧按照当时下发的食谱严苛控制饮食，上面写着"一年内不要在外面的餐厅吃饭"，于是每次来医院，我妈便起个大早做好中午的饭菜，拿到医院的微波炉里加热，至于她自己，总是下楼买两个馒头对付过去。这段文字折射着这部"抗癌日志"的基本文风。流畅，平静，显而易见的朴素，并且，"及物"。

所谓"流畅"，似乎应该是行文的基本要求，但遗憾的是，这基本的要求，若要得以兑现，如今都会显得稀缺。青年陈子衿的文字能力好过我所见识到的许多"作家"，但我不想使用别的说辞来形容他的文笔，因为除了"流畅"之外，此处使用任何其他的辞藻，都会令我觉得是走到了"好"的反面。

这便事关了"平静"。平静何其难，尤其在我们被铿锵、被声嘶力竭、被"鸡汤美文"、被各种"逼格"以及痞子语言淹没的当下；尤其，在一个文学青年记录着自己的抗癌经历之时——可以想见，他若能克制住自己汹涌的、"文学性"的抒情企图，那几乎算得上是一桩奇迹。

青年陈子衿创造了这个奇迹。

尽管，他还是忍不住透露了自己的"秘密"——"我生病之后，有一件事我始终放不下，我没有对任何人说过，因为羞于启齿，可我清楚它对于自己人生的分量。那件事便是写小说。"

我得感谢"这件事"，替陈子衿，替我们这些读者。在我想来，

202

正是"写小说"这件令他放不下、令他羞于启齿的事,在极大程度上决定了这部作品难能可贵的平静,同时,也极大程度地赋予了一个罹患重疾的青年以矜重的气质,从而有力地支撑住了他的精神,乃至他的肉体。

好吧,不解释,如果此刻,你要勒令我这个"写小说"的人以一个词来囊括我对"小说"艺术本质性的指认,在青年陈子衿的启示下,我将选择——平静。我甚至可以立此存照:日后,倘若青年陈子衿真的能给我们拿出一部"小说"来,那么,这部未来的作品,在品相上,至少毫无悬念地能够及格。原谅我只保守地说出了"及格",但你要是知道,如今充斥在我们眼里的多是不及格的小说,你就会明白,对于青年陈子衿,我已怀有了怎样的敬意。

在"这件事"上,青年陈子衿已经站稳了一个"写小说者"的基本脚跟,那就是:放不下,却又羞于启齿。是的,我可能把"这件事"的意义说小了,它岂仅仅是"写小说"那么轻浮,它其实,就是一个卑微的人必定会有的合格的立场。放不下,于是对生命顽强地眷恋;而羞于启齿,正是生命赋予我们的、令我们终生震惊不已的那份确凿写照。这就宛如生命的底色与秘密。在这个巨大的底色之上,我们终将亲历所有肉体的兴衰,亲历所有精神的起伏,并且,终将惊诧于天地之不仁,终将怀着巨大的羞怯去源源不断地感激;在这个巨大的秘密之下,如果你获得了平静,你便获得了尊严,获得了全胜的可能,并且,你还终将获得光荣的朴素。

203

自诩为"高龄隐形正太,资深圣母"的青年陈子衿其实朴素。这不仅仅与他的家世相关——我们见多了寒门的"娇子",见多了被"小时代"蒙蔽的年轻的蠢动。在我看来,青年陈子衿朴素的根源,依然事关"羞于启齿",事关那天赋一般的巨大的羞怯本性。

> 踏上公交车,她给了我两块钱,自己又偷偷地将一块钱的纸币折很多次,浑水摸鱼地扔进投币口。我说过她几次,她笑笑,下一次却还是只拿一块钱,我就不管她了。

他这是在描述自己母亲乘公交车时的情形。这个细节令我震动的程度,不亚于他对于那些医疗过程的自然主义记录。

> 我们走出医院,坐上了"回家"的公交车。
>
> 我说:"你投两块吧。"
>
> 她犹豫了一下,最终还是投了两块钱。
>
> 我挺高兴的,虽然知道下次她还是只会投一块,可我还是高兴。

读到此处,我竟有泪水汹涌。似乎,于此之间,我和青年陈子衿共同面对了生命实相中的阳光与阴影,共同战栗,共同"挺高兴的"。因为,在这样的一个瞬间里,犹豫了一下的母亲,以"一块钱"的差额,补足了我们对于善美的盼望,矫正了我们对于尘世的误解,它令一位具体的母亲,成为全部的"母亲",也令庞然的病魔与尘埃一般琐碎的忽恶忽善浑然为生命的辽阔事实,在这个事实面前,善小与恶小,不为与为之,都成为人性惊心动魄的试炼,乃至都堪称瑰丽。正是对于这些细节的忠实记录,羞怯而自尊的青年陈子衿,以他的朴素,击退了傲慢的癌细胞,克服了浑水摸鱼的试探,在最小的局部却又是最大的生命局面里,赢得了人的尊严。

我无法遏制地想要复述一遍那个瞬间:一个命悬一线的青年,在和母亲前往就医的路上,恳求母亲不要失却人之体面……

一块钱,两块钱,就是这么微不足道,就是如此"及物"。

"及物"重要吗? 如果你读过太多泡沫一般的空洞文字,你就会明白"及物"何其重要。这不仅仅事关"非虚构写作"的伦理,于今,它甚至还事关我们的世界观与我们的方法论。青年陈子衿的书写,令我想到了胡迁,一个与他同龄的年轻人,这位早逝的青年导演、小说家,在自杀前的一次采访中说道:

> 这里面写的不是青春,是中国大部分大学生,或者叫专科生。人们总是讨论白领群体、底层、既得利益者、创业者等等人群,这些标签下的人在若干年前还是青年时,人们又都统一美化成青春,这是一个错误的定义。赖在宿舍每天打游戏,无所适从,不明所以地谈恋爱,这个中国庞大的青年群体,不叫青春。

在我看来,胡迁的这段话,就是在对"及物"的呼吁,他所否定的那些内容,正是"不及物"甚嚣尘上的泡沫。于是,我看到了,青年陈子衿在这本名叫《二十一岁以及我的余生》的非虚构作品中,结实地回应了另一位青年的呼吁。至少,他以疾病不可撼动的存在,使得"真实"成为无从遮蔽、无从美化和粉饰的事实,使得那个更为广大、更为本质的"青春"与"中国"得以部分地还原。

青年陈子衿没有书写那个人云亦云着的"青春",但他结实地置身于"大部分大学生,或者叫专科生"之中;他没有书写那个"厉害了我的国"的"中国",但他汇入在周遭呼号的病友、身边仓皇的亲人之内。

令我难以决断的是,这一切,难道真的只能有赖于一场重疾的降临?

"淋巴癌"四期。多么陌生,却真切如铁。

2017年1月23日,青年陈子衿想:我想我们暂时都死不了了,即便未来有再多波折,也会拼了命地向有光的地方挤过去,苟且偷生,似乎也挺好。他既盼望"拼了命地向有光的地方挤过去",又理解了"苟且偷生"的本意。

七个月后,他在豆瓣阅读所开的专栏下面,有人如是留言:

如期阅读。

赞赞赞,每周都期待更新。

写得好棒,每期都看,真心希望你早日康复。

看到你的文字让我想到爸爸,和你一样的病,上个月进仓移植感染,现在仍在 ICU 生命垂危……唉。

喜欢! 向你学习!

…………

2017 年 1 月 23 日,我在干什么? 翻看微信动态,那一天没有记录。是的,我记不得生命中太多的日子了。这也没什么好说的,毕竟,太多的日子似乎也没有被我们铭记的价值。你瞧,即便那个确诊自己患了癌症的日子,青年陈子衿都记不得了,他老实地交代:

> 究竟是 4 月的几号,我忘了。我应该记得的,可是我忘了。

应该记得的,我忘了。这是生命的诚实,亦是生命的哀伤。可是你看,此刻,当我面对一个具体的日子迫不及待地检索自己的手机记录,生命那阔大的事实便开始重新复苏,显露它全部的所指与能指。20 世纪 80 年代,当代中国最富思想者气质的作家张承志,在文章中写下了这样的名句:他们在跳舞,我们在上坟。现在,面对青年陈子衿的这些文字,恍惚中亦有句子在我脑子里盘旋:他们在赞赞赞,我们在抗癌。

这让我惊诧于世界的整全与神圣。

谢谢青年陈子衿,在他哀而不伤的记录里,让我茫然地想起,是谁在替我们数算着日子。

2018 年 5 月 26 日

# 小说就是意欲命名世界的努力

"零八年夏末……"小说是这样开始的。

以一个准确的年份来开篇,必然使得这个中篇更多地富有"写实"的品格。老实说,这并不讨巧。考虑到作者的年龄,他这样的青年写作者群体,被褒赏的方向,似乎总是在于"想象力"一路,评论者期待他们以青年奔突的血浇灌出一朵朵匪夷所思的花,以此来矫正或者反击文学现场的平庸。于是,"三零零八年"之类的想象力,仿佛才具有了文学的"正当性"。那不仅仅是"想象力"爆棚的显明佐证,更接住了"未来已来"的热山芋。不是吗?已经有才俊们这么干了,也干得风生水起,作品写就,也有纵情阐释的余威,可以谈得很科学,可以谈得很哲学,就似乎文学也有"先进性"的代表。这当然不坏,文学需要回应现实,既然未来已排山倒海地压迫过来,写小说的人是得露几手以示在场,以示对于此种人类重大命题,不能光由霍金们说了算。

出租房里没有电视也没有网线，每夜我就读书写作消遣时光。只要不想到以后的发展，我觉得生活如果一直这样下去，倒也安逸舒适。

小说里的"我"是这么个性情。

这很不传奇，甚至有些温吞，像一根扔进泡面里的便宜火腿肠一样乏味。同样，这也并不讨巧。说好了的"残酷青春"呢？说好了的"愁肠百结"呢？那不是读者希望看到的青春小说的标配吗？大家读小说是为了体验别样的人生，将自己幻想性地带入，过一把跌宕起伏的陌生的瘾，谁愿意再重温一遍室友一般熟悉的泡面加火腿。这当然无可厚非，文学就是平庸生活中的英雄主义、浪漫主义、超现实主义等等主义，只似乎，文学就不该是一副"倒也安逸舒适"的性情。

"你这种观点在哲学上叫作神正论，讲的是神和正义的关系。"这是小说里人物的对话。

好了，小说里还更不讨巧地谈起了"哲学"。我最近一次看到在小说里直接开讲哲学的作品是《应物兄》，这是李洱才能干的事情，至少我是不大敢在小说里这么理直气壮地直接敲出"哲学"这两个字的，更遑论具体到一个如此专业化的"神正论"。这非但不讨巧，甚至犯忌讳。

屈指数来，这是一部不讨巧的中篇。

可我为什么将它推荐给了《西湖》？《西湖》为什么还收留了

它？现在我受命给这个小说写点什么，于是不得不凝神琢磨。琢磨的结果是，就像最初我将它推荐出去的时候一样，对于这部小说，我压根不需要怎么说明它的"正确"，只需要凭着文学的本能，反诘一番所有大行其道的"正确"就够了：相对于"想象力"的正确，不滥用想象力就不正确吗？写实对于年轻人是不正确的吗？想象未有的经验比忠实既有的经验更正确吗？坦白平庸比制造传奇更不正确吗？认真地说说"哲学"就不正确吗？难道把小说搞得油盐酱醋跟自家厨房一个味儿就正确吗？……

好了，大多数大行其道的事其实都是经不起反诘的。

小说我读了两遍。第二遍读的时候，是在西行的列车上。高铁四个半小时的车程，恰好用来读一个三万字的中篇小说。车窗外是北方凛冬的萧瑟，真的是乏善可陈，真的就像一根扔进泡面里的便宜火腿肠一样乏味，一如小说的气质，它不是电视片里时代昂扬的解说词，它就是平铺直叙的时日，是我们时代大多数年轻人吃得饱穿得暖高不成低不就的本身。可阅读的感受竟第一次让我觉出了"平铺直叙"的好。这就不得不回到老话题——小说语言的重要性。这部小说的好，首先就好在了语言上。它几乎毫无疙瘩，流畅得仿佛我正乘坐的高铁。它非但没有在情节上刻意渲染"事故"，而且在语言上也绝无制造"事故"的炫技企图。

年轻的牛利利太平静了，他平静地说出了他所感知的一切，没有剑拔弩张，没有长吁短叹，即便写到了死亡，也以"工地上一时变得十分安静"来收拾局面。但这种平静全无那种中老年式的老练，它依旧有着年轻的青草一般的气息。在一定程度上，这种平静还不乏单纯，就像主人公从书本里获得了"哲学"之辩证、从生活里经验了世相之浑浊后，依然安静地聆听"只要工作踏实，为人正派，就不怕有大的问题"这种简单乃至简陋的教诲一样。

世界在这部小说里是有待"命名"的。于是，先验的一切都变得无效，至少是变得不那么可靠。死了人就一定要大张旗鼓地悲痛吗？哦，这种经验还有待形成，要知道，在小说里，"未曾命名的世界究竟是什么呢？那个世界里将死亡叫作什么？"在一个"死亡"都尚未成为坚固意识的世界里，还有什么是牢靠的和可以服从的？这当然是不折不扣的哲学问题。对此，我会感到犹疑：如此在小说里明火执仗地开列哲学命题，"正确"吗？可是，随即就有一个声音在耳边大喝：小说躲避哲学就一定"正确"吗？喏喏，原来，"小说"也可能未曾命名，也有待我们于辩难中不断地为之塑性。

在那个我所认知的"小说世界"里，至少，牛利利处理好了庸常与超拔之间的关系。譬如，他"正确"地没有自己跳出来玄思虚无，让"我"在"大家荒废时光，你也不能太积极"的世故里度日，却同时旁观与理解了有人在未曾命名的世界里的漫游。我更愿意将此认作是小说意识的胜利，起码作者在技术环节已经达标。直接让主人公替代自己去扮演天问者的角色，那需要加缪的笔力,牛利利老实地站在了自己的能力中,丝毫没有踮起脚去捕风捉影的妄念,于是,反而获得了平静的语言、单纯的态度,如同一个天性诚恳的少年,规规矩矩地趴在天文望远镜的镜头后面,看到了不甚规矩乃至有失诚恳却迷人的太空。不错,我想要说的"小说意识"和"小说技术",不过就是——老实。因为,在如今我们这个已经被牢固命名了的"小说世界"里,"不老实"的家伙实在是太多了。而读过这部小说,我愿意重新定义我的小说观——小说就是意欲命名世界的努力。

关于"努力",小说中有如下的对话——

我说:"工作就是这样的,做什么都得和大家一致。大家努力,你起码得有个努力的样子,大家荒废时光,你也不能太积极。"

孔雪笠说:"真是奇怪的逻辑。"

没错,真是奇怪的逻辑。

2018 年 12 月 30 日

# 在余烬中重燃至六十度
## ——《应物兄》阅读札记

　　那天，应物兄所崇敬的芸娘找他谈话，劝他去读一些小说，劝他去翻阅史料。芸娘的话，直到现在应物兄还记着：

> 　　神经若是处于高度亢奋的状态，对于身心是不利的。沮丧有时候就是亢奋的另一种形式，就像下蹲是为了蹦得更高。一个人应该花点时间去阅读一些二流、三流作品，去翻阅一些枯燥的史料和文献。它才华有限，你不需要全力以赴，你的认同和怀疑也都是有限的，它不会让你身心俱疲。半认真半敷衍地消磨于其中，有如休养生息。不要总在沸点，要学会用六十度水煮鸡蛋。

　　这段话发生的现场，时值"80年代末、90年代初"；书写在《应物兄》的八百四十八页，大约是全书的五分之四处，那煮鸡蛋的水，此刻也仿佛正在六十度波动。然而，这之前，一锅水并未经过漫长的加热，它一开始便是恒温的——"想好了吗？来还是不来?"正是一个震荡在六十度的开篇。

我不知道这个开篇过了几手,是处心积虑,还是信手拈来。但我愿意如是想象:当李洱祭奠完母亲,于返京的火车上打开电脑再次从头写起时,这个句子便是他此番书写意外顺畅的灵光与吉兆。我想象,彼时的小说家,正在六十度的心情里。冷却十度,人会无可无不可,再降,是绝对的厌弃与沮丧。升温呢? 蠢蠢欲动及至沸腾,我们就会失去《应物兄》。中年的李洱身在温和的虚无里。他蛰伏在时代水深火热的现场,十三年来,对"下蹲"的姿势保持警惕,回避"蹦得更高",自觉地"有限"。

以一个温和的虚无来给小说开篇,默化着的,是李洱修为小说多年的心得。马尔克斯不就常常这样写他的第一个句子吗? 起始,就仿佛已经写了大半部书,就仿佛婴儿垂老泪,初啼发旧声。这不纯然是一个小说的技术问题。这样的作家提笔之际,有如子在川上,时间之水不舍昼夜,早已浩浩汤汤。大水漫灌,小说家李洱开始"没来由"地说起。潜台词是:世界早已如此,那个"六十度之前的世界",我们没能力也无必要溯及,重要的也许还在于——已经没有了兴趣溯及。由之,以"时代脉络"的线索来解读《应物兄》需要谨慎。尽管,对于过往年代的书写的确构成了这部大书突出的特征,其与当下的映照确乎也微言大义。但这一切,被李洱恒温在了"六十度"里,他"应物"而"齐物",等量齐观地陈述着幻象般的事实,或者事实般的幻象。大河浑然,你无从指认此刻的涟漪是从哪一刻开始有了分野，甚至，你也已经放弃和平息了去分野什么的妄念与虚火。

这里面有种温和的"认"。李洱认了。不辩驳，顶多饶饶舌。所以，《应物兄》也不是《红楼梦》。《红楼梦》可不认，葬花吟，好了歌，大荒山，无稽崖，明喻暗喻，藏不住也没想藏。《应物兄》鲜见藏不住，唯一的马脚，是那匹白马。此马一出，白驹过隙，应物兄每每必然难得地有了"态度"，这态度，却是白马非马，恍兮惚兮。恍兮惚兮成为应物兄唯一藏不住的态度，强加于他一个立场就是对于他的误解。但我认可《应物兄》和《红楼梦》同在一个谱系。"应物兄"这种命名的方式，都与甄士隐、贾雨村一脉相承，此中机巧，毋宁说便是汉语本身的机巧。它拒绝转述，携带着自身包罗万象的密码，只在专属的语境之中会心达意。不同的是，《应物兄》六十度，《红楼梦》至少六十九度，一句"落得个白茫茫大地真干净"还将其瞬间烧到了沸点。"批阅十载，增删五次"，是个带有强烈修辞倾向的精神事实，而李洱的"写了十三年，坏了三部电脑"，却纯然只是一个物理事实，将之噱头化，不免会造成对这部书"意义"的误伤。曹雪芹会让编辑动手涂改吗？李洱的态度则是：我说得很清楚，想删就删，想改就改。

这让李洱此番的书写呈现出令人不安的"反动"。他不仅颠覆着我们对于"巨著"偏见般的神圣想象，譬如呕心沥血，譬如字字珠玑，而且对于"写作"这件现代以来已经部分达成共识的事情本身,也构成了挑战——它,真的有意义吗?由之,对于意义的消解至少是怀疑,构成了《应物兄》显豁的"意义"。在这个意义上,李洱不仅将自己与曹雪芹区别开来,也站在了与马尔克斯不同的阵容里。没错,是"阵容",的确有着这样的一个阵容经久不息,老庄必然于此留下过身影,布列东和阿波利奈尔似乎也曾混迹其间,但经典与主义的派头,终究都比六十度距离沸点与冰点更近了一些。

李洱"温吞"得令人惊讶。鉴于他已有的文学声望以及身负的文坛期待,能够抖落清爽,用尽武库装备只为自毁武功,便可被视为一桩重大的文学命题。或许,我们并不需要再有一本《红楼梦》,并不需要再有一本《百年孤独》,"应物"于这个时代,我们需要的或许正是一本《应物兄》。面对时代之复杂之急遽之庞大,李洱给出了"虚己"的对策。他用八十万字的容量盛放他所能旁及的所有知识、罗列他所能感应的一切世相。据说字数的容量一度达到两百万字,我完全相信,在"虚己"之觉悟下,两千万字李洱也能写将下去。

人们写了那么多小说,像火苗,像火焰,作家不得不写另一种小说,以便冲淡前一种。所以他就失败了,谁也不再记得他。今天使用的语言,每个季节都会过时。这个世界和我格格不入……不是我辍笔不写作了,我仍在写我没有完成的东西。

这是来自胡安·鲁尔福的絮叨。相较于那些"像火苗,像火焰"的小说,李洱"六十度"的选择呈现出同样的薄凉取向。这是神奇作家共同的抉择。不同的是,身在一个旷世的悠久文化里,中国的李洱所面临的问题,注定要比墨西哥的鲁尔福复杂得多。

"无有始终",大约正是世界投射于李洱内心的根本倒影。太多庞然大物周而复始,太多琐屑尘埃去了又来,太多的心碎便再无心碎,太多的欢愉也几无欢愉,乃至于,过往是否心碎与欢愉都可以不再被追究成为问题。"知识"只是"知识本身","世相"也只能是"世相而已"。当李洱在一千零四十页写下"这次,他清晰地听到了回答:'他是应物兄'"这个确凿的结尾时,他完全能够并且可被允许重新写回第一页的不确定性里:

> 应物兄问:"想好了吗? 来还是不来?"

这也不是小说技术,不是脑筋急转弯的智力游戏,这是中年李洱轻盈又浑重的抒情,是他合一的知与行。恍兮惚兮中,有李洱也不忍直视和斩截拒认的大悲。到头方见事如麻,整部书中那些真的、仿真的注释中,混杂着这样的一些条目:小区便衣——志愿者;门头沟——北京门头沟区。凡此种种,都要让人停下来回回神:他这是要干吗? 他解释给谁看? 他预想的读者是谁? 他没有意识到这样的注释能够永无止境地循环下去吗? 解释的尽头难道不是语言的空转? 他如此郑重其事,竟是憔悴和犯傻的样子。那个被戏谑与反讽打上了标签的小说家,在和什么对视与角力?

应物兄认了。但是且慢,他所崇敬的芸娘教导他:要学会用六十度水煮鸡蛋。多年以后,一个绕不开的困境在应物兄面前徐徐展开——你,究竟要"虚己"到何种程度,才配得上敬爱的芸娘的教导。

芸娘是不会过度担忧自己这位弟子持续在沸点高位运行的。运行在思想的沸点里,转头也会运行在红尘的沸点里。应物兄不是一个具有"沸点性人格"的人。三十余年后,应物兄重温这番教导,也许恰是一个满意的自诩,那个往昔一度亢奋到沮丧颓唐的应物兄,已然在时间的洪流中完成了对于自己的拨乱反正。他不仅吞咽了,而且差不多也消化了。于今,昔日的矛盾已逆转为沸点的反面,所有迹象都在指明,他可能会持续地降温,冷下去,于某个时刻,冰点可期。他仍然在行动,和光同尘,为人随时俗,论事有古风,但行动的热情远不如"先生们"的古风盎然,更遑论"卡尔文们"的时俗豪迈;他按部就班,不作奸犯科,其实也已无意于"三立"之不朽,徘徊在知行的困局里。李洱在此勾勒出了一个群体的精神样貌,那种专属于"此辈"的"六十度"的虚无,撼人心魄。由此,整部以"普遍性"取胜的《应物兄》,竟弥漫着无从回避的"特殊性"。

特殊性里的"应物兄们",当年需要降温的你们,如今需要升升温。艰巨的是,由退而进,如今的升温之困,远远要大于昔日的降温之难。烧开的水凉下来终究是寻常之事,而凉了的水重新预热,关乎令人伤感的智勇。这个过程之中,"应物兄们"需要面对的,是时间本身的疤痕,是生命既定的分寸。他们需要克服的,是那部分创痛性的特殊经验,是"知识"周而复始后,重新被检验并拿来再一次实践、再一次进行大范围社会交换所必然导致的深重厌倦。

三十余年过去,芸娘当年的教导,于今不期然已换了主旨:"六十度"不再是唯一的命题,更为紧要的是——煮鸡蛋,你得去煮鸡蛋,还得要煮熟鸡蛋。昔日之规劝成了今天之鼓励,"六十度"悄然成为事功所需,成为一个需要勉力爬升方能持守的光明面。这,便是"应物兄们"今日微温的积极与关切,遥系三十余年前的承诺。你要在余烬中重燃,一度一度爬升。辛苦了,应物兄。当你爬升到那个温度之时,守恒也许将不再艰难。

差不多在这个意义上,《应物兄》是专属这个时代的中国知识分子的小说。镜鉴之下,"应物兄们"绝不是赫索格,不是洪堡,不是拉维尔斯坦,我们的应物兄,在物种上就是一个"专类"。我压根不相信外国人会真的读懂《红楼梦》,我也要怀疑李洱会奢求所有人都读得懂应物兄。复杂之处还在于,李洱想过"读懂"这件事吗?"读懂"差不多就是件沸腾的事了。芸娘的教导多年后依然回旋,"半认真半敷衍地消磨于其中",宛如一个闪闪发光的时代箴言。这是芸娘的方案,会不会也是李洱的方案呢?方案之中,

"劝他去读一些小说"赫然在列。在这里,芸娘没有指出是几流小说,但其后的"一些二流、三流作品",莫不是对一切小说的统称?

那么好了,世界熙来攘往,有一个中国小说家终于称准了斤两。这是退烧后的认知,是大的自信与自在。李洱是绝不会判小说死刑的,他在一个六十度的准则里找到了中国小说新的可能,让小说在浩荡的时光里经世致用,平衡亢奋与沮丧,去煮时代这枚巨大的鸡蛋。这是不折不扣的创造,《应物兄》抵达了中国小说一个从未兑现过的阈值。这是只有李洱才可以完成的任务,他的禀赋与气质,他所处的位置和扮演的角色,他所经历的具有无与伦比的特色的时代,他所吞下的,和他所消化了的,"万物皆备于我矣",好似一个奇迹。

《应物兄》之后,一个新的中国小说形制诞生了。它将不仅仅排除异己,它还将排除自己。相信我,你现在读到的,是你所能看到的"仅此一部"的那种小说,这种无可复制的小说,大致还有《追忆似水年华》,还有《尤利西斯》,它们唯一的共同之处,就是那支笔只能交在一个特殊的人物手里,然后,让他仿佛可以永远也写不完;标配则是:它们还要经常性地承受"乏味、过长,被评价过高"(罗迪·道伊尔)诸般严峻的判词——就像是对生命这一事实本身的质疑。

在应物兄内心,与芸娘地位等同的,还有那位早逝的文德能,他也有一句令应物兄终生难忘的话:"你们要先行到失败中去,你们以后不要去当什么资产阶级。"在我看来,这就是"六十度小说"的注释,是它的目标、方法和尺度。

2019 年 3 月 8 日

# 看,这个现代的人

《悲痛的往事》是《都柏林人》中的第十一篇小说。也有译者将其译为《一桩惨案》。这太令人惊讶,让你痛恨自己为什么不学无术,以至于完全无从甄别这两个截然不同的篇名,在英语中是否会有通约的可能。

以我的阅读体验,用《一桩惨案》来命名这个短篇,实在是非常烂。这至少说明两点:其一,短篇小说的篇名何其重要;其二,我们那饱受世界文学浸染的经验,实则充满了误读的风险——谁知道我们究竟是不是以讹传讹,读到的仅是二手赝品,而一手的真迹,还有可能永远遥不可及。

但是冷静下来,你又会觉得《一桩惨案》似乎也未尝不可。这个新闻标题一般的命名,在某种程度上好像反倒更接近这个短篇的气质:中立,淡漠,直白,客观,它只陈述一个讨厌的事实,不解释,绝不解释,就那么硬生生地甩在你面前。

如实说,这也是我并不喜欢、至少是没法非常喜欢这个短篇的缘由之一。我的不喜欢,更多是情绪化的,作为一个读者,阅读小说的时候我当然也有情绪化的权利,没谁能要求你必须不带情绪地去对待一篇小说;实际上,当我们打开一篇小说时,更多的时候,就是在期待着各种情绪的来临。

　　不,我并非在排斥和否定一种写作方法。如果一定要让我在热情洋溢与客观冷静之间做出抉择,多半我还会拥护后者。我想,令我难以喜欢的,并不是乔伊斯的笔法,而是他以这样的笔法塑造出的这个人,以及当他表述这个人时,所暴露出的文学的现代困境。

　　看,这个现代的人。

　　——这人叫詹姆斯·达菲。不仅我没法喜欢他,我想,在一百多年前的都柏林,也没人会喜欢他;并且,尽管其人总是处在一种经不起检验的良好感觉之中,事实上,恐怕连他自己也是难以真正喜欢自己的。

　　但是有一位女士竟爱上了他。

　　说到"爱",在这对男女的关系中,并不能令人信服,但至少应该是"喜欢"吧,因为如果没有一个差强人意的前提,我们那意义的链条就无从成立。我们只有预设,他们之间至少是有着"喜欢"的,于是,才能理解随着关系的破裂,那"一桩惨案"的发生。女士为之付出了自己的生命。可是问题也接踵而至——有谁,会仅仅

223

为了"喜欢",便搭上一条命来？

因爱而死，或者爱而不能，便上演一出又一出的悲剧，对此我们是理解并习惯了的，我们的文学，在这个路数上已经行之有效地运转了数千年；但是到了乔伊斯这里，情况变了。看上去，那女人之死确乎与一桩失败的情感有关，但你完全无法将之与"爱"联系在一起，甚至，连"喜欢"都令人犹疑不决，最终，你只能忍住不适，将她的死，只和人本身的羞耻与绝望相关联。

他们貌似是"喜欢"了彼此。除了饮食男女间"人生盛宴"一般的性诱惑，最初的时刻，他们的精神与灵魂也参与其中，获得了部分的满足。他因此"觉得自己是一个很不平凡的人物"，而她，变成了他的"忏悔神父"。可实质上，他们各自所"喜欢"的，全然皆是朝向着自己。他们喜欢自己，绝不喜欢他人，即便喜欢自己时，也喜欢得犹犹豫豫。这样的状况，原本是无从交集的，人和人各自平行，甚至背道而驰，但他们撞上了，在彼此的借用当中，发生了误会，从而导致了"一桩惨案"。

误会的暴露竟源于一个寻常之举——她在神魂颠倒的时刻，在"一种异乎寻常的兴奋情绪"的驱使下，"居然热情奔放地抓起他的手去贴紧她的脸蛋"。

这个动作可怕极了，简直就是引爆真相的导火索。

谁会料到让情人摸了下自己的脸蛋就会送命呢？至少我们朴素的祖先不会料到他们的子孙将变得如此不可理喻。莎士比亚不会,托尔斯泰也不会。罗密欧与朱丽叶无疑是彼此相爱的;渥伦斯基与安娜·卡列尼娜也是相爱的,即便他们相爱相杀,比起从前纯真的爱侣已经多出了浑浊的不堪;但是如今,到了乔伊斯这里,他会将这"摸脸送命"的事儿陡然亮在了你的眼前。

这种稀奇事儿,是假以"现代"这个名目来到的人间。只有作为 20 世纪初的小说家,乔伊斯才能够天才一般地洞察情人之间这个最寻常不过的亲昵之举,在某个决定性的瞬间,将要石破天惊,有如阿基米德用来撬动地球的那个支点一般,撬动人物的命运。这是人类来到了倒霉的现代以后,唯有小说才能发现的秘密,所彰显的,也是唯有在小说里才能够成立的现代逻辑。

所有的不可思议,都在不可思议的现代涌现了。

嫌弃都柏林"现代化"的达菲先生,就是在这一摸之下,从"天使的地位"回到了"可耻又臭气冲天"的人间,"这使他感到幻想破灭",对于洋溢在欢爱中的情人,还有那种近乎古典而愚蠢的爱欲表达方式,深恶痛绝,唯恐避之不及。达菲先生,这个现代的人,讨厌"现代化",但又鄙视古典的庸俗,他将只能如同一个前不着村后不着店的游魂一般,活在凄凉的现代人间。

好了,让我们来梳理一下这唯有在现代小说里才能成立的逻辑:

自命不凡的达菲先生"厌恶一切显示物质上或精神上混乱的事物",但他又无法全然忍受"被人生的盛宴排斥在外",于是他主动出击，去勾引一位有夫之妇，"抓住机会同她亲热一番"；被丈夫弃之如敝屣的辛尼科太太欣然接受，不但从中品尝到了未曾体验过的"冒险生活"，大概丧失殆尽的自信心也得以部分地复原。

他们的结合毫不费事儿，三次见面，便一拍即合，这是全然"现代"的节奏，与古典的罗密欧、朱丽叶相距万里，与距今不远的渥伦斯基、安娜·卡列尼娜也不可同日而语。现代的他们直接果断，足见需要之迫切。而在这迫切需要背面作祟着的，竟依旧是生命那古老的、令人惊颤的物种事实——他们都太孤单了。

他们都太孤单了，这原本并不稀奇，罗密欧与朱丽叶也很孤单，渥伦斯基与安娜·卡列尼娜也很孤单。

辛尼科太太的孤单不难理解。婚姻生活里中年女性的危机，我们大可参考包法利夫人，参考安娜·卡列尼娜，尽管那里面包罗着人类亘古未变的虚荣与自恋、软弱与神经质，但只要我们理性与感性并举，总能从心底里为之发出一声叹息——我们也将此称之为"共鸣"。

达菲先生的孤单理解起来就要稍微费点劲儿了。这个"忧郁型的"现代男人，觉得"那些工人都是相貌严厉的现实主义者"，觉得"愚蠢的中产阶级是把本阶级的道德观念交给警察，把本阶级的美好艺术交给歌剧团经理"。总之，没有哪伙儿人放得下他。这类人物，无论在文学的世界还是在现实的世界，原本也不鲜见，他们自我神圣化到了无以复加的地步，当然就免不了要承受与世

226

界格格不入所带来的孤单。

鲜见的则是,乔伊斯于此竟写出了一个我们经验之中从未有过的、一丁点都不令人同情甚至还要让我们心生厌恶的男人。简单说——这个人无法引起我们的"共鸣",甚至,他还是彻底拒绝与你达成共鸣的。他连情人的脸蛋都视为恶心,遑论你的共鸣。他的难以共鸣,不仅仅源于他的德行,要知道,讨厌鬼葛朗台我们都受得了,但是他我们却受不了。我们受不了他,更多的还是受不了他那种"我管你受得了受不了"的幽闭劲儿。

这就是乔伊斯与前辈们的不同了,他所书写的,是人类"现代的孤单"。而这种"现代的孤单",直接挑战的却是文学与人从一开始便签订下的"共鸣"的契约,当这份契约面临着被撕毁的风险时,文学存在的正当性与必要性,便前所未有地变得岌岌可危。

辛尼科太太的孤单是带着烟火味的,是人的孤单,还是一种带有古典风格的孤单,所以即便庸常,却也令人为之叹息;而达菲先生的孤单高蹈玄奥,并没有令他因之深刻,反而令他有种惹人作呕的"非人"之感。这个自我感觉超级良好的男人,能够克服肉欲的宰执(也许还因为已经索然无味),仅仅由于那女人暴露出了世俗性的欣悦,便断然切割,重新回到他"坚持要灵魂过着无法补救的孤独生活"。就是说,同样是因为孤单,这对男女之间的诉求,竟然完全是逆向的——孤单的女人想要摆脱孤单,而孤单的男人想要通过摆脱孤单重新找回孤单,并以此申明自己那种孤单的高贵傲慢和不容玷污。

这太古怪,也的确有点拗口。可这也正是这个短篇的特异之处。如果说,女人的孤单依然还处在有迹可循的传统脉络里,那么,这男人的孤单就完全深陷在荒诞而绝望的现代泥沼里了。

令人感慨的是,乔伊斯竟是以一种传统的方式写出了这古怪的现代性。译成中文后不足八千字的篇幅,他将相当的笔墨用在了场景描述上,人物之间的关系也是大刀阔斧,压根无意于细微的渲染与交代,显得突兀。但线索却是清晰的:一场失败的偷情之后,女人搭上了性命;男人感到了恶心,间或有一些忏悔之情。这令这个短篇都像是一则古老的劝谕故事了——教导读者,这事儿万万干不得,干了就没好果子吃。

可事情显然没有这么简单。

因为你必须知道,20世纪初的乔伊斯,已经不是那个围坐在火堆边的、我们人类古老记忆中的说书人了,这个被誉为20世纪最伟大的作家和后现代文学的奠基者之一的爱尔兰人,用这种近乎古老的简陋方式,完成的已经不是那种充满着道德善意的古代劝谕,而是冰冷的,乃至不乏恶意的现代嘲讽与厌弃。

《都柏林人》出版于1914年,我们完全有理由相信,在写《悲痛的往事》之前,乔伊斯一定读过了《安娜·卡列尼娜》,这不仅仅在于两个偷情失败的女人最终都选择了同一种赴死的方式,更在于,我确信在人类文学演进的长河中,乔伊斯是莎士比亚、托尔斯泰历史性的必然延续。

在我们那漫长的故事讲述史中，托翁或许是前现代最后一个崛起的奇迹，他赓续了古老而简单的善意，又将人即将到来的巨大的困境以及人的无力移交给了后来者。接下来，乔伊斯们闪亮登场了。他们一上场，便放弃了将人间烂事婉转告知的耐心，借助这个行当最初围坐在火堆边的简单粗暴的形式，毫不迂回，直接将人打回了滑稽与羞耻的境地，继而还冷漠地宣告了这其实也并不值得同情——你，达菲先生，现代的你们，注定孤独并且活该孤独。

看上去，乔伊斯干得挺漂亮。而且也真的是漂亮和真的了不起。由此，文学饮鸩止渴一般地发生了新变，在日益懊糟与破碎的时代面前，用恶意与厌弃召唤回来了重新解释世界的能力与特权。

然而且慢，即便像达菲先生这样的"现代非人"，也会在最后的时刻，"感觉到自己的德行已经丧失殆尽"，从他那习惯于作为旁观者的自命不凡的孤独中短暂苏醒，那么，作为被人类从古老时代就交付上了深重托付的文学，焉能一味地冷漠与凶恶下去？在这个意义上，乔伊斯，意识流，后现代，等等等等，必定不会是文学最终的结论。我们要相信，只要人的历史未曾终结，那种对于围坐在火堆边儿、被故事抚慰的古老依赖，就不会终结，人就会顽固地不断重回对于那遥远的、充满着道德善意的劝谕的盼望之中,因为那依然有效,并且还将始终有效,一如现代人达菲先生良心发现的瞬间——"耳朵还听得见机车吃力的、深沉的嗡嗡声,反复唱出她的名字的音节。"

这也正是我更愿意接受这个短篇被叫作《悲痛的往事》的原因,因为相较于那无情的《一桩惨案》,它或多或少触动了人的情感,还有那么一点古老的人味。尽管这人来到现代以后,够蠢,诚如辛尼科太太一样,沦为了"文明培育起来的一个废物",但当她在遭到羞辱后酗酒赴死——"他为什么不给她留一条活路?他为什么判她死刑?"

这也是文学正在面临的现代之问。这也是现代小说的困局,阅读它,你的情绪除了要在喜欢与不喜欢之间摇摆,当你一旦试图想要稍微分享你的心得,面对它区区不到八千字的篇幅,你还得至少说上四千字。

2020 年 4 月 25 日

# 够了,风正从不同的方向刮起来

风从何来?我手机里的天气预报 APP 此刻显示:东北风,三级。这从来就不应当是小说需要给出的信息,但遗憾的是,长久以来,这似乎就成为小说必须给出的信息。除了让小说充当天气预报,小说还被要求充当新闻,充当照相机,充当故事会——以一种被称为"现实"的主义之名。

没错,够了。

《沙鲸》中写道:

> 总不能说,风是从上面往下刮的吧? 当然,也证明不了
> 风不存在,尤其是,假设这风并非起于一处。有没有可能,同
> 样力度的风从不同方向,在不同地点刮起来?

那么,有没有可能呢?

在我看来,这种质疑天气预报式的确凿的冲动,恰是小说该有、能有、必须得有的劲儿。这当然会构成冒犯,既冒犯读者,也

冒犯小说家。大家伙都习惯了让自己的智力与情感以"葛优躺"的姿势瘫痪在舒适区里了,风必须得来自一个可被明确指认的方向,最多,它也只能被允许从东北风转向西南风,如果再让它多转几个圈,就仿佛成了不严肃的相声和段子;而写小说与读小说这种事情,放置在精神的舒适区里,早就被归拢在那只"严肃"的抽屉里了。喏,这是件"严肃"的事,"准确""清晰""符合逻辑""客观"等等是这件事从属的标配,这些标配联合起来连相声和段子都容不得,更遑论容得下风从四面八方刮起来。捞干的说,对大家伙而言——这事得是"可被理解的"。

当然,够了。

大家伙得承认,大家伙肯定在最大程度上经常性地歪曲着"严肃",歪曲着"准确""清晰""符合逻辑""客观"。我们那"可被理解的"诉求,其实不过是智力与情感双重懒惰与无能的托词。如果写小说与读小说这种事,长久地满足于这种对于懒惰与无能的满足,那当然就该"够了"。

《沙鲸》一共有二十七处"够了",想必李宏伟真的是深感"够了"。

我也是在一种"够了"的情绪下读完了《沙鲸》。它真的冒犯了我,不断地将我从舒适区中踢起来,让我的"葛优躺"变成了正襟危坐。就是在这种"够了"与"够了"的对峙与角力之下,写小说与读小说这种事,才双双变得体面了一些。对,原来此事郑重,从来就不该是瘫痪着干的活儿。小说家没有义务从你给定的理解力中为你塑造一个你自以为已经了然的世界，其实你的那个世界往往不过就只有你家小区那么大；你也不应该抱着一番再次经验自己乏善可陈的世界观的预判去翻看一篇小说，你以"葛优躺"的姿势卧在沙发里就是一篇你所想要的那种小说。事情原来就是这么严厉。

还好，李宏伟干得不算非常粗暴。至少，他以三种不同的字体照顾了你的"阅读习惯"，抚慰了你"看不懂"的抱怨，甚至给出了蛛丝马迹的线索满足了你"终于读懂了点"的虚荣心。这"读懂了点"的，是父子间的对立那种文学恒久的命题，是文学女编辑身上几可辨认的你的同事的影子。然而，他在这些你"读懂了点"之上，塑造了那巨大的沙鲸，并且是三头——"这是完备的足以无穷尽的数量"。

就是"塑造"。小说里，"塑造"竟达到了惊人的四十处！并且，还有一个新的职业被李宏伟塑造了出来——塑造师。

两相映照，于那二十七处"够了"式的颠覆与砸碎的冲动而言，原来小说家依旧在力图重建与整合的"塑造"。他受够了手机里天气预报 APP 式的小说，但没有止步在砸烂手机的简单粗暴之中，而是让风从所有的方向刮起，聚沙成鲸，以一种不惜从四十处"塑造"的善意，为我们重建与整合出了即便虚妄但至少富有启迪与抚慰力量的——意象。

以我正襟危坐起来的理解力而言,意象即小说。

但这个标准之下的小说何其难写。李宏伟自己也知道难度何在,他让小说里的女编辑批评了"小说笔触晦涩",他知道,大家伙习惯了"给出绳子必然能从后面牵出牛来",而他正在干的事,"绳子悬在空中,被拉到眼前,绳子后面的牛却凭空消失了"。更为困难的还在于,许多"够了"的家伙,操弄小说,要么摆个姿态砸了手机了事,要么装神弄鬼,干脆从绳子后面给你不分青红皂白地牵出头驴来;要想既不摆姿态又不装神弄鬼,李宏伟必须在"够了"与"塑造"之间达成一个平衡,并且,他还要做出艰巨的抉择,最终让"塑造"居于优先,彰显一个合格的小说家必备的善的力量。

套用一句伟人的名言:他不但要善于砸烂一个旧世界,更要善于建设一个新世界。

这事关小说最深刻的伦理。媚俗与媚雅不是小说的目标,天气预报 APP 不是小说的目标,可冒犯也不是小说的目标,至少,不是小说终极的目标。毋宁说,重新"塑造"一个世界的那种巨大的善意和雄心,才是它的目标。

米兰·昆德拉表扬穆齐尔和布洛赫时说道:

> 穆齐尔和布洛赫给小说安上了极大的使命感,他们视之为最高的理性综合,是人类可以对世界整体表示怀疑的最后一块宝地。他们深信小说具有巨大的综合力量,它可以将诗

歌、幻想、哲学、警句和散文糅合成一体。

这段话大致可以作为我所认为的那个小说目标的注解，它也在截然不同的方向重新定义着"葛优躺"者眼里振振有词的"严肃""准确""清晰""符合逻辑"，还有"客观"。并且，如果你的精神已经从沙发里爬起来，你就会在这个注解里，读出温柔的善意——"使命感"，难道不是一个最为善良的词吗？

《沙鲸》至少朝向了这个目标。

李宏伟诗人的禀赋与哲学训练的专业背景，加上职业编辑的习性，一并置放进这个短篇里，正是在兑现着昆德拉所说的那种"巨大的综合力量"。

好了，够了。容我稍微瘫回一下沙发。

《沙鲸》最为迁就我的阅读舒适区的篇章，出现在最后那部分：女编辑杨溢（终于有个像大家伙熟人一般的人物名字了）在那种可被大家伙简单理解的日常性中回到了自己租住的房子里，她的父亲在住院，精疲力竭的她还得处理与自己作者之间的稿件联系，"打印的稿子就这样飘飘扬扬弹出，遮挡着杨溢房间里的上方，填充着越来越大的空间"。这个场面写得漂亮极了，及至飞扬而起的结尾劈面而来，让我不得不将詹姆斯·伍德在《小说机杼》中的句子再次重温一遍：

> 作家也可能像那些二十几岁的人——止步于视觉天赋的不同层次，在美学的全部领域中，眼力总要分出个高低，一

些作家天生眼力平平,另一些则有火眼金睛。小说中有的是这样的瞬间,作家好像在留力,把能量保存起来:一个普通的观察之后紧接着一个出挑的细节,突然令整个观察丰富有力起来,好像作家之前不过是在热身,而现在文笔怒放如花。

《沙鲸》结尾那个硕大的黑体的"是",便是怒放之花。这便事关天赋的层次了。对之,你只能无话可说,说了,"葛优躺"者也不爱听,也听不懂,尽管"眼力总要分出个高低"。

2019 年 11 月 4 日

# 我分辨出了宁肯来自远方的演奏

大约在十五年前,我和宁肯一同出现在《作家》的长篇小说专号上。那时候我还不知道,这位排在我前面的人,已经是"新散文"运动的主角。我只是想当然地判断,既然排在我前面了,一定就是一位前辈,仿佛文学的现场也像阅兵式一样有着划一的队列。

当然是一位前辈。

当期宁肯刊发的作品是《环形女人》,后来改名为《环形山》。小说写得好看极了。所谓好看,首先是"好读",在一个侦探小说的壳下,阅读快感极容易被调动起来;当然,肯定不仅仅止于"好读",从中我读到了"腔调",一种隐晦的哲思企图,以音乐性的低回、盘旋,奏响在整部作品中。这种"腔调"真是打动我。或许,这是我和宁肯共同的审美格调,当然,也或许是我们共同的局限——我们受限于自己所忠于的事物,这也没什么好惋惜的。彼时，如此将自己与一位前辈拉上"关系"，的确是托大了。好在十多年后，宁肯证实了我当年那有托大之嫌的想象。他在评价我的写作时，用了"萨克斯"这样的一个比喻。他可能不知道，这件乐器所构成的阅读感受，多年之前我就从他的作品中感应到了。

有那么一个审美的共同体，散落四方，在各自奏响乐章。这个想象真的令人温暖并且略略的幸福。

再后来，宁肯说他要写短篇小说了，像《米格尔街》那样的一组短篇小说。这之前，他写出了《三个三重奏》，写出了《中关村笔记》，在虚构与非虚构之间自如转换，仿佛一个人便能撑起一个乐团。我想我听懂宁肯的意思了，他——要写短篇小说了。这位在散文、长篇小说、非虚构创作上均建树颇丰的前辈，现在，要写短篇小说了。不，这好像还不仅仅是一种文体与文体之间的选择，我想，宁肯的意思没那么简单，他是在强调着什么，当他表示"要写短篇小说了"时，就好比一个运动健将表示要去画画了。我是说，"写短篇小说"这件事，也许在宁肯那里，不啻一次"转行"，并且，他赋予了"写短篇小说"这件事某种严肃的荣誉感。有如钢琴被视为乐器之王，尽管没什么必然的道理，但这个想象又一次令人温暖并且略略的幸福。因为，我就是一个"写短篇小说"的忠于者。我的狭隘被宁肯的选择揭发出来了，原来，在我的文学观里，确乎存在着一个"写短篇小说"和"不写短篇小说"的衡量标尺。

这当然也是没什么道理可言的。况且，"写短篇小说"，也未尽然写的都是同一种认知准则下的"短篇小说"。但我可以很有把握地认为，宁肯所要写的那种《米格尔街》式的小说，至少是和我心目中对于短篇小说的理解相吻合的。再次将自己一厢情愿地与宁肯拉上"关系"，也许仍有托大之嫌，但我相信，时光会再次给我一份鉴定书。

现在，《火车》就在面前。

一九七二年意大利人安东尼奥尼拍摄《中国》时，我们院几个孩子走在镜头中。安东尼奥尼并没特别对准他们，只是把他们作为一辆解放牌卡车的背景，车上挤满蓝色人群，我们院的孩子只停留了十几秒钟便走出画面，向城外走去。

没错，这就是我那有局限并且狭隘的审美之中的短篇小说。当这个小说的开头一个字一个字被我读出的时候，我宛如听到了那散落四方的审美共同体成员又一次奏响了乐章。

在这个开头之中，安东尼奥尼镜头对准的是"他们"，但宁肯固执地高举着"我们"，在"他们"与"我们"所共同构建出的叙事中，短篇小说的张力与真谛赫然呈现。这张力与真谛即是——短篇小说从来不相信世界只有一束目光，她从来就是不确凿的，但她固执于自己的主观，同时，她始终清醒，懂得"他者"的重要，懂得唯有在映照之下，"他们"与"我们"才能构成彼此的说明。

宁肯的确是在书写着《米格尔街》式的短篇小说，《火车》已有端倪。小说家儿时的记忆,他的玩伴,他的邻里,将是他描述的对象。这不仅仅是在风格与题材上对于奈保尔的致敬,更是在"短篇小说精神"上对于异国那位审美共同体成员的呼应。重要的更在于,宁肯提笔,写的是专属于他的"米格尔街",与其说这是北京胡同与英属殖民地特立尼达首府西班牙港之间的地理区别,毋宁说正是一个"他们"和"我们"的区别。宁肯在小说的开头就没有屈从于语言逻辑的顺畅,他以顽固的态度清晰地划分了安东尼奥尼镜头里的世界与"我们院孩子"的世界,并且,在那个"他者"的世界里,"我们院的孩子只停留了十几秒钟便走出画面,向城外走去"。

——"向城外走去"。

宛如一个隐喻。而隐喻,从来便是短篇小说的另一个名字。在那个隐喻的"城外",残酷的青春期展开了,穷困但也不乏情义的童年展开了,这些几乎是文学普遍意义上的主题,但"我们"知道,在那个普遍的意义之下,我们究竟经历了怎样的特殊,那是当年安东尼奥尼意欲拍摄但必然会误解的《中国》,是"我们院的孩子"走向的中国。这个中国,原本在"我们"这里也是多解的,宁肯可贵地没有将他要写的短篇小说划一到那种集体的话语之中去,他忠实于自己的记忆,那种温暖而粗粝、颠顶又澄澈的记忆。于是,"我们"在小说家对于自己的忠实之下,成为"我"。这是专属于"我"的记忆,不是小芹的,不是五一子的,也不是大鼻净、大烟儿和小永的,它只能是、必须是主观的,它从来不担负客观的重荷,由此,"我们""我",才不会沦为别人镜头之下的一个背景,才走上自己的舞台,成为自己的主角。这,也是我所能狭隘理解着的并且被宁肯兑现出了的短篇小说。

于是,唯有在一个短篇小说里,中国和过去都会被别样改写。

关于过去,米沃什在提及友人对他的启迪时说道:

> 她说我们的过去并不是静态的,而经常随着我们现在的行动而改变。我们现在所做的事向过去投了一束亮光,现时进行的每一个行动都在转化过去。如果我们将过去用作一种行动力量,比如推动我们去做好的事情,我们就解救了过去,赋予我们过去的行为一种新的内涵和新的感知。

在《火车》里,宁肯便是在这个意义上"解救了过去",从而"赋予我们过去的行为一种新的内涵和新的感知"。这正是这个短篇小说的价值所在,他除了努力兑现着短篇小说的艺术指标,而且也许是在不经意之中,为我们提供了新的历史眼光和未来动力。

但毕竟是"短篇小说"。那些宏大的旨归,需要"投一束光"。

于是,汽笛响起——"哐当"一声,火车启动了。于此,哪怕是不折不扣的狭隘,我也要再次重申:短篇小说即意象。作为意象的那列"火车",承载着这个短篇小说所有的审美与意义,随便它将去往哪里。

也正是在这列火车的汽笛声中,我分辨出了宁肯来自远方的演奏。

当年，宁肯是我眼里的前辈，现在当然依旧是。但对于"前辈"的认知，我想在我这里也有自己的特殊性。那断断不是一个论资排辈的指认，那其实是对于自己审美渊薮的认领。在这样的特殊性里，昔日的"先锋"英雄都将被我认领，而他们永远不会像一个世俗意义上的前辈那样苍老，就好比，我永远觉得余华、觉得格非、觉得苏童是被冻龄了一般。

他们也绝不会油滑成一个前辈。就好比，当《火车》发表在《收获》上的时刻，宁肯依旧兴奋，骄傲得宛如一个诚挚的少年。

2019 年 11 月 15 日

# 悬空的隐喻与深情的人间

　　没有人能预见,我们会以如此的方式进入这个庚子年。世界重新变得难以描述——当然,也许它就从未容易描述过,但我们曾经仿佛对它具备了描述的手段——这不仅仅表现在我们对人类进步观念的再度怀疑,更为深刻的,还在于许多既往斩钉截铁着的词语,其意义都在或轻或重地发生着动摇。譬如,对我而言,至少"隐喻"这个数月之前我还非常热衷、随手就会不假思索地扔将出来的好词,于今,已经在不自觉地小心规避。它的确是个好词,扔出来既高深又准确,富有知识的格调,然而,当这样的一个庚子年劈面而来的时刻,我几乎是在一瞬间,便羞于再以"隐喻"指认世界正在发生的一切。或者说,不是词语本身的问题,是我们如果仍在傲慢的惯性中使用某一部分词语,将显得草率甚至轻浮,因为,这种调用词语的轻慢,显然已经无法匹配现实的重量。

　　作为一个写作者,一个以词语为基本生产工具的人,这样的

243

感受,必将导致写作难度的空前增大。还好,我还可以读。封闭时期,我少有地集中阅读了数篇最新的小说作品,它们均出自国内优秀的同侪之手,对于这些作品的阅读,甚至极大地支撑了我那对于写作之事业已摇晃着的信仰。这些作品部分地矫正着我既往顽固的文学观,令我以一种"庚子年的心情",重新认识自己与写作。

简单说,作为一个曾经顽固的"技术派",一个热衷于悬空抛掷隐喻的词语调用者,现在,我开始愿意眺望深情的人间。

## 可怜身是眼中人——田耳《吊马桩》

如果一定要让我指认同辈作家中那个"最会讲故事"的人,我想,多半我会将指头戳向田耳。是的,你看出来了,我并没有那么坚定。让我略感迟疑的是,此刻,我突然对"故事"这个指向的把握,发生了些微的摇晃,变得不太有把握。

对于"故事",我们不是早已谈论得头头是道了吗?我们动辄亮出"故事",以其为把柄,正反两面地削着"小说"这根木头,时而反对它,时而拥护它,以至于削出的"小说"时而比木头还木头,时而既看不出是根木头也看不出是个"小说"。就是说,当我们的小说比木头还木头时,我们往往归咎于"故事"——嗒,是故事性伤害了文学性,就仿佛,文学性与故事性是婆媳俩,是一对天敌;

当我们的小说啥都不像时，我们同样会轻易地扔出"故事"——看吧，这就是罔顾人类对于故事的迷恋所导致的结果，就仿佛，小说没了故事，便是对人类精神需求的极大轻慢。

小说与故事的关系就是这般被我们掰碎揉烂地讨论着。个别大师以"讲故事的人"自诩，更是搞乱了群众的脑子。这里面的风险一目了然，对于"故事"的混用，导出的后果即是在某些比木头还木头的脑袋里，通俗读物中必定呼啦啦挤满了无数个讲故事的大师。

这便是我那根戳向田耳的指头突然犹豫不决的缘由。我怕我加冕给他一顶"最会讲故事"的桂冠，在木头脑子里增添了混乱，在另一些田耳的拥趸中，却成了污蔑和栽赃。

犹豫不决只是因为，原来"故事"多解，而"会讲"多义。

当我们谈论故事时，我们究竟在谈论什么？

　　故事：文学体裁的一种，侧重于事件发展过程的描述，强调情节的生动性和连贯性，较适于口头讲述。故事一般都和原始人类的生产生活有密切关系，他们迫切地希望认识自然，于是便以自身为依据，想象天地万物都像人一样，有着生命和意志。

——这是来自百度的解答。不是吗，出人意料，令人竟有深中肯綮的感觉。如若权且以此为"故事"的指标，那么，我戳向田耳的那根指头，便会坚定一些了。原来，这"故事"本来就蕴含着

"生动性"的要求，它本身就是"会讲"的另一重表达；不会讲和讲不好的，就不是故事，至少，就不是达标的故事。在这个意义上，我们对于小说的故事性要求，就可以理直气壮地前移至"会讲"的要求：看吧，这个田耳，多么"会讲"故事。

他真的是会讲故事。我甚至认为，我们所有乏善可陈的经验，经由田耳讲来，都会既富有生动性，又富有连贯性。

生动性在于，田耳有着一种不经雕琢便能有声有色地陈述世界的能力。这多半是源于天赋。世界在他眼里，起伏有致，有着某种内在的"戏剧性"，你一言我一语，于平铺直叙中机锋暗涌，又于唇枪舌剑中空空荡荡。这并不仅仅是在说他笔下人与人的关系，还是在说他小说里天地万物之间的关系。在田耳的小说里，山和水、牛和草，万物皆备，都构成一种"讲故事"的动力，它们都是平铺直叙又机锋暗涌的，都是唇枪舌剑又空空荡荡的。就是说，田耳从来能将一个简单的世相看出至少两重以上的意蕴，并且将这多重的意蕴揉捏在一处，表达出既是根木头又不是根木头，见山是山又见山不是山的那种小说况味。不，我并不是想要将这种况味指向"复杂"——田耳的神奇正在于此，他炖出一锅乱炖，揭开锅，竟像清白的粥。这种俯拾一切去构建小说的能力，在我看来，就是"会讲"，而"会讲"，也许恰是"故事"的真谛。我常常揣测，田耳是不必要挑选那种教科书中定义的"题材"的，他的"会讲"，已经足够他驱动小说，只要他一开口，故事便翩然自来。

"活着为了讲述"，这句大师的金句，用在田耳身上可能也很恰切，而活着与讲述的双重生动，就是生命如故事的最高印证。

连贯性则在于，田耳随手拈来，放进小说中的那些琐碎物事，竟可以构成某种能被称之为整全的意义。他有着一种笼罩性的眼光，在人和人之间构成关系，在山和水之间构成关系，在人和人与山和水之间，罗织出网格，使得世界由此及彼地互为因果，彼此说明且彼此反驳，总能够达成交流。即便这交流是分歧丛生或者南辕北辙的，但"交流"本身便是重大的事实。由此，田耳小说中所描述的对象，断无孤立的存在，这让他领先了、至少是区别于大多数一提笔便顾此失彼的同行。在这个意义上，田耳大概是写不出那种"很现代"的小说的，因为在他的世界观里，世界从来未曾破碎，甚至，从来都史前一般被混沌笼罩。他并不想"凿窍"，兴致勃勃于颠顶，推石上山的事他不做，他最想做的，可能是顺坡打滚，在一种"顺势"之中，跟世界交流与对话。显然，相较于推石上山的别扭劲，"顺势"更容易达成"连贯性"，这种顺势的连贯性，也使得田耳更加获取了"会讲"的优势，让他避免了上气不接下气，赢得了气定神闲，从而，他才有了裕如的心情跟这个世界说说话，聊聊天。那么好了，于是我们也理解了，为什么那么多小说写得像是跟世界吵架，或者，干脆就像是跟世界有着老死不相往来的宿仇，而田耳的小说却写得像是跟世界促膝长谈。

接下来，该说说《吊马桩》了。其实，我一直就是在说《吊马桩》。田耳的这个最新的中篇，不折不扣，就是一个我对他小说认识的佐证。

> 鹭寨旅游铺到下面河谷，那河谷对面冲天而起的"吊马桩"便是不容忽略的存在，怎么看都是景点。景点霸蛮不得，有的地方再怎么夸，也不是景点，有的地方反之，你要视而不见也做不到。就像年轻男女大都以为自己引人注目，无端地害起娇羞，其实，人群中惹人注目的只有那几个。

这是《吊马桩》的开头。

> 而我在一旁，心想，你们是在"三创四争"颁奖会上认识，彼此都就自身的经历做了长篇的演讲，再说你还看过我写红露的文章，一个字一个字……怎么还搞得像是今天才知道，她曾经每天抬人上吊马桩呢？

这是《吊马桩》的结尾。

我想说的是，田耳就是这般貌似随手便能给小说开个头，随手便能给小说结个尾。我们所津津乐道的那些"结构"，那些处心积虑且大张旗鼓的"小说手段"，在田耳这里，都将遭遇有力的反驳，至少，他比大多数人都要显得平静，都要来得自然和从容一点。当大多数人都需要"起个式"或者"拿个范儿"才能开始与结束时，田耳却早已经说了半天，或者早已经哑口无言。于是，大多数小说追求特殊性结果也败在了特殊性上，而田耳的小说"没追求"，至少看上去"没追求"，却赢在了普遍性。大多数小说都是

"突兀"的,而《吊马桩》则是日常的与"顺势"的,于是那么一堆司空见惯、其实并无传奇色彩的"破事",被田耳呈现为精彩的"小说"。

我相信,只要田耳想讲下去,他就会滔滔不绝地、不厌其烦也让我们听得不厌其烦地讲到地老天荒。世界在他那里,是"可被陈述"的,在更多人那里,除了"专业"或者专门的遴选,则是乏善可陈的。这"可被陈述",既是心情,也是能力,更是境界。

田耳不大可能写出那种"很现代"的小说,那么,他便是传统与古典的吗?同样,也似乎不大可能。现代与古典,都是连凿七日便能谋杀混沌的"窍",田耳气象已具,他才没那么手欠。

王国维写《浣溪沙》,有"偶开天眼觑红尘,可怜身是眼中人"之句,在我看来,此句最是切中文学之事的要义。写小说的那会儿,是得"偶开天眼"的,不如此,你不足以达成升腾的超越性,你无从以笼罩性的视野觑见红尘,于是只能鸡零狗碎、一叶障目;而开得天眼,俯瞰人间,又要不被目空一切的自大拐走,不厌倦不弃绝,反倒心涌怜悯,既同情自己又同情他人,那"身"与"眼"的分离,那对自我的凝望与叹息,于是方抵达了"人"。这就是文学的本意,她从来不片面地鞭笞人,也从来不片面地包庇人。有些人写小说,境界高一点,便知道了屈就人,再高点,俯就或者迁就人,而田耳写小说,知道他就是那"眼中人"。这是田耳今天的修为。

他就是开了天眼的"最会讲故事"的小说家,《吊马桩》就是这种小说家所能讲出的故事，老瓢、韩先让、明鱼、虾弄、红露……当然还有田耳，就是这样的人。

## 一片承接泳姿的水面，终于席卷而来
### ——孙频《白貘夜行》

越往后，我越感到了不安。我害怕看到那个局面的出现——在孙频步步为营的推进之下，一片承接泳姿的水面，终于席卷而来。

当"游泳"这个词第一次出现在小说里时，我便感到了隐隐的困扰。我看到，起笔便将这个中篇写得滴水不漏的孙频，在此留下了令人迟疑的破绽。安营扎寨在那间教室里的四顶帐篷，被她巨细靡遗地扫描一遍；梁爱华信纸折叠出的形状，她做出了交代——松树形状；曲小红文眉的费用，她做出了运算——二分之一的工资；但是，对于康西琳喜欢游泳这件事，她一笔带过，居然欲言又止，把话只说了半截。

这可不是件小事。比起写情书或者做美容，在这座北方山沟里的小煤城，游泳不啻于天大的稀罕事。孙频自己也用了"居然"这个词——"她还喜欢画画，居然还喜欢游泳"。一个语文老师喜欢画画，她都没用"居然"——至少这是比年轻女性写情书、文眉毛要特殊的爱好——但她在喜欢游泳这件事情上，被"居然"到了。

足见兹事体大。

兹事体大，不正应该是小说行文时大书特书之处吗？以我的经验，孙频是需要在这里费一些笔墨的，也恰是炫技的好关口，桥段与套路，就是给这种关口预备的。但将小说写得巨细靡遗的孙频，却在这关口处，一笔荡开，像是将饭桌上品相最佳的那道菜，随手冷落在了油炸花生米和拍黄瓜的碟子下面。

不，她不是卖了个关子。这小说的气质丝毫与"卖关子"无涉，叙述几乎是平铺直叙的，巨细靡遗，甚至有些过分地巨细靡遗；而阴冷与晦暗的格调，也让你完全不能想象会有"卖关子"这样的轻佻之举。在这里，我只看到了孙频令人不解的沉默和隐忍。

将康西琳喜欢游泳这件事预先渲染一番，几乎是写小说的规定动作，设计出一些噱头，一定也会好看，也会让小说达成一个小小的戏剧性的高潮，但是，在更大的抱负面前，孙频忍了下来。不读到最后，你无从明了她为之克服了多少虚荣的诱惑。

没错，就是虚荣。这是所有习得了小说手段的人都要面对的考验。我们太知道在哪里用劲，哪里是亮点的七寸，高潮的开关仿佛随时握在了我们的手心，精准拿捏之下，那计划中的效果便会顺利实现。这当然也很了不起，可不就是老把式们值得骄傲的手段吗？在大多数时候，这种了不起的手段是成立的——如果你

251

只满足于写出一篇"像样点"的东西。于是,在大多数时候,这大多数的老把式们,也就只能止步于"像样点"了。"像样点"地让鱼在地上乱跑,"像样点"地让人在天上乱飞,或者,"像样点"地构思出让旱地里的游泳爱好者一头扎进脸盆里去过瘾。你瞧,规定动作就这么完成了,亮点有了,高潮也来了,于是,虚荣得以极大的满足。

"让旱地里的游泳爱好者一头扎进脸盆里去过瘾",这是我顺手就能搞出来的把式,也是我在这个中篇中第一次遇见"游泳"时的本能反应。这只能说明,我就是这样的老把式,我也常常情不自禁地被虚荣拐跑,常常在沾沾自喜或者大而化之中去蒙骗读者,也蒙骗了自己。

自己骗自己也就那样了吧,读者被骗得久了,就嗅出了"套路贷"的味儿,这点把戏,老把式们也就只能自嗨了。

孙频当然也是个老把式,她是我心目中这代女作家中数一数二的优秀同侪,我相信,她深谙一切亮点与高潮的七寸和开关,但是,至少在这个中篇里,她抵挡住了诱惑,没有丝毫的手滑,没有让自己跌倒在所有可能获取小得意的机巧前,甚至是用一种防微杜渐的警觉牢牢地约束住了自己手里的笔,直奔最后的苍茫。

将近四万字的篇幅,她差不多用了三万多字老老实实地写着并不稀罕的人间琐事,即便那阴冷、晦暗之城被她成功地营造出了不祥与破败的气息,但这不祥与破败,并不超出我们的想象,可以说,这样的阴冷与晦暗,我们还所见颇多。在我们的文学经验里,更妖怪的事也层出不穷——四个年轻女子被塞进一间大教室里,即便爱恨情仇,搞出拉拉宫斗,我们也不会为之瞠目结舌。但这一切,在这个中篇里,一概阙如。这一次,孙频的想象力,仿佛只限定在她文学能力不到一半的地方了——让包出的饺子是南瓜馅的,让跳脱衣舞的女人穿着双红袜子,至多,让康西琳这样的标新立异之辈去抄写《尤利西斯》。

可这恰是《白貘夜行》的杰出所在,她没有陷入猎奇的泥泞里。只因为,孙频清醒地认识到了,那破败人间的寻常,才是痛苦沉降与纵情翱翔唯一可靠与可信的底色。

一个老把式却将车开得如此坦荡乃至笨拙,让习惯了这类家伙将车开得险象环生的我,竟为这坦荡乃至笨拙之中的诚挚所打动。这车开得太用心了,不是抖机灵,不是耍杂耍,就是一个新上路的人才有的那股认真劲——有点害怕,但也喜悦;心有驰骋的冲动,却被更大的严肃所约束。

所以,越往后,我越感到了不安。

我这个老把式看到了孙频留下的破绽,疑惑于她的"疏漏",也猜测她必有终章的回应。但这点老把式的"心机",在漫长的对于人间琐事的阅读中,被一点点地瓦解了。我几乎已经完全被孙频那种"新手"的写法说服了,忘记了对于那种"像样点"的小说的预判,并且,开始排斥这个小说最终也会沦为"像样点"的东西,宁愿它就这么像个被新手驾驶着的车子一般,"一点也不像样"地开到未知的终点。

所以,我害怕看到那个局面的出现——在孙频步步为营的推进之下,一片承接泳姿的水面,终于席卷而来。

我知道,那几乎是必然会来的时刻,几乎就是"像样点"的小说的标配。据说那种小说一旦开头的时候出现了枪,结尾时,枪就得铁定地打响。而我害怕孙频也让手里的枪开火。毕竟,我还是清楚的,这孙频,断然也是个老把式,枪拎在她手里,焉有不开火的道理。我那不安的阅读心情,就像是一个已经迷恋上了新手将车开在激情与谨慎之间某个微妙分寸里的乘客,将要无可转圜地承受车子陡然交回了老把式的手里,最终只能被发了神经一样地带到某个已知的刺激里去。

这是作为读者的我的两难。这是作为作者的孙频的两难。其实,这也是文学的两难和小说的两难。我们终究要运行并依赖在规律中,而我们又是如此地渴望脱轨,在正确之外,在"像样点"之外,去不正确与不像样。

是的,这段话我可以复制一遍,因为它几乎可以用来做《白貘夜行》的推荐文案——我们终究要运行并依赖在规律中,而我们又是如此地渴望脱轨,在正确之外,在"像样点"之外,去不正确与不像样。

那枪声,终究还是响起了,稳,准,狠。从开篇就"居然喜欢游泳"的康西琳,多年之后,白貘夜行,穿越尘埃与时光,终于走到了那片水面的岸边。

——"在月光下,她穿着衣服跳进了脚下的冰窟窿里。"

那么,你见过穿着衣服游泳的人吗? 你会质疑,"穿着衣服"这四个字,是孙频无意间写下的吗?

她是在游泳,也是在自溺。她穿衣入水,奔向了最终的自由。于是那片承接泳姿的水面,竟宛如对人类所有卑微与粗糙的拯救与接引。

我得承认,孙频的这最后一枪开得太清脆,太漂亮。绝望与希望并举,这是我读到过的最好的小说结尾之一。于是,新把式抑或老把式都不重要了,这是老把式开出了新局,是新把式获得了永远诚挚下去的文学的特权。

最后,我也要开枪。我想问问孙频,是不是你们读了人大的硕士后,都变得这么厉害了? 是不是一写小说,你们就必然要牵出奇奇怪怪的动物来? 这一点,张楚至少是个确据,而现在,你又牵出一头貘来。

貘:貘科仅一属五种。分布于东南亚(一种)和南美洲(四种)。现存最原始的奇蹄类,保持前肢四趾后肢三趾等原始特征。体形似猪,有可以伸缩的短鼻,善于游泳和潜水,植食性。

总之,貘这家伙华夏没有。但《白貘夜行》,已经写进我的阅

255

读史里了。

## 作为艺术性的流弹——钟求是《等待呼吸》

1991 年夏天，在异国失序的街头，中国留学生夏小松被一颗流弹击中胸口。医生分析：

> 从弹道和力量看，子弹是从坦克钢板上溅到身上的，这是一种不幸。但弹头停在右肺叶内侧，离心脏只有两厘米，这又是幸运的。

——当写下这段话的时候，钟求是是否认识到了，他借由医生的专业口吻，实际上写下了《等待呼吸》的精神梗概，同时也写下了《等待呼吸》的艺术说明？

"子弹是从坦克钢板上溅到身上的"，一个"溅"字，昭示了主人公的被动与无辜，犹如站在湖畔的我们，被莫名的浪花打湿了衣衫。当然，小说中的事件没有这般清浅，毕竟，那"溅"来的，不是浪花，是足以构成不幸的子弹。但读完整部小说，我顽固地认为，被一个时代子弹般穿胸而过的同时，我又被轻盈地托起，笼罩在某种"幸运"的告慰之中，经受了"离心脏只有两厘米"的死亡，而后，奇迹般地活了下来。于是，我甚至也不再为杜怡、为夏小松感到遗憾，这年轻的人们，无可避免地站在了时代的湖畔，于是，湖面的风物与恶浪，必定将与他们有关。在这个意义上，面向自己时代的人，终将谈不上"无辜"，我们尽可以将其称之为命运，并且，是那种"一代人有一代人的"——命运。

就好像，当你走过了四季，你不会在酷暑与严寒的迫害下，申诉自己的无辜。

是的，正是时代与命运，构成了《等待呼吸》最为显豁的经纬。它是经由浩大事物织就的小说。

当然浩大，故事伊始，两个年轻人就站在了历史巨变的浪口，那个时刻，足以被称作人类历史进程中数得上的几个重大节点之一。时代的湖面风云激荡，他们是旁观者，也避免不了地成为见证人，乃至，终究被"溅"到，从此，世界换了人间，他们换了命运。于此，钟求是写出的，是一个几近铁律的事实——在时代的湖畔，我们都是当事人。是这种深沉的认领，让这部总体上可被称为以一场未尽的爱情所驱动的小说，避免了庸俗的自恋，流布着人在时代与命运面前的无能为力，以及在庞然大物的挤压之下，"等待呼吸"者的盼望与尊严。

《等待呼吸》就是这个时代的作家才能写出的那种小说。这么说，并不仅仅在于钟求是征用了时代显明的标志性事件，还在于，他写出了这个时代我们切己的心灵震颤，否则，我不会在夏小松对于马克思、恩格斯一路到萨缪尔森、弗里德曼的阅读中心生难言的感动，钟求是也不会在终章的时刻，让杜怡用英、俄两种语言给腹中的胎儿朗读《资本论》。我相信，小说如此书写，已经不

257

是一个小说家斤斤计较出的结果,而是专属于他此刻的生命经验在自然弥散。基于我们所共同经验着的时间,这些元素所蕴藉着的况味,既让人伤怀,又令人宽慰,它们显而易见的理想主义色彩,在巨浪滔天与水落石出的时代湖面中,霞光一般铺洒着莫大的、更像是欣然一般怅然的余晖。——于是,《等待呼吸》又是那种任何时代优秀的小说家可以写出的小说。

时代既是它重要的标记,却也是它奋力跃出的铁衣。因为,更为复杂的还在于,当一部优秀的长篇小说如此清晰地与自己的时代相映照时,它必须弥散出某种与现实保持距离,以一种艺术的谨慎,对之"沉默"并且摆脱之的气质。让清晰的,变得恍惚;让确定的,变得迷离,而这些,就是一种"被时代的流弹击中"的心情。

时代,是规定性;流弹,则是艺术性。你将确定地知道,那击中你的,来自一个不确定的方向。弹道,力量,这些科学主义的分析,其实无助于你理解自己的命运,于是,你才需要捧起小说。好的小说家会替你艺术性地解释出被时代规定了的蛮横的一切,丧失了这样的前提,"时代"进入小说的正当性,便所剩无几。对此,我将之视为一项重要的"小说理性"。在我看来,当我们在《等待呼吸》中与时代劈面相遇,"流弹"即是一道极具艺术性说服力的光芒。它所蕴藉的"被动",那种微妙的不确定感,正是平衡"时代"这种确凿之物的艺术力量。

那么,"时代"便不再是唯一攫紧我阅读目光的因素,艺术性才是《等待呼吸》所发散出的最动人的气质——它没有借着时代之名给自己揽下一个仿佛不证即可自明的优势,它始终在小说艺术的本分里发挥着魅力。它不是用无关痛痒的小把戏撩拨你,挑衅你的智商,也不是用大口径的火炮轰炸你,蹂躏你对痛苦的理解,它将你毫不回避地投进时代里,继而,又坚决不让时代大而无当地吞噬你。在不幸与幸运之间,安放人的命运,正是小说艺术高贵的分寸所在,亦是《等待呼吸》内在的尺度所在。

在这部小说中,所谓的"不幸",已不仅仅指向一个又一个具体的伤害,是的,那的确残酷至极,但它所喟叹的,是生命必将遭遇的普遍的凶恶——你不在热血年少时被打在坦克上弹回的子弹"溅"上,也会在四岁那年元宵看社火花灯时被人贩子拐走(《红楼梦》),于是,那所谓的"幸运",也不仅仅指向一个又一个具体的得救,而是一种对于命运所降下的一切整体性地承受之后,方能达成的平静。在这样的胸臆之下,钟求是将浩荡时代之下的个体,体恤地搀扶住,让女主人公在经历了严酷的侮辱与损害之后,依然站立出了人的体面与优雅。

他是如何做到的呢? 当然,这事关一个优秀小说家的笔力,钟求是的小说能力早已有目共睹,江南同行们的技术与审美水准,也早已是有口皆碑,但是,在我看来,除去这些显而易见的优势,钟求是今日的书写,更胜在了与技术相较而言,更为难能可贵的写作的深情。

《等待呼吸》写得何其深情，令人几可感受到小说背后小说家满含泪水的眼睛。小说的写作，在这样的情形之下，已绝非是一场得意扬扬的虚构，它就是在兑现小说家的生命实感，那种憔悴的、敏锐的、子在川上仰观俯察一般的深情。这是对于那些只满足以小说来炫技者的反驳，那些家伙躲在小说背后的双眼，从不满含泪水，只会放着捉弄人得手了之后的诡诈的贼光。在这个意义上，我们检阅自己也检阅前辈，会发现，人云亦云着的江南作家的优势，背后原来是什么在垫底。那么，你会理解，余华何其深情，格非何其深情，苏童何其深情，艾伟何其深情，钟求是何其深情……是他们的深情，驱动了他们的表达，让技术趋近了艺术，不再只是一个个花活儿。同样，反观我们的文学现场，那些退场了的，究竟是因何退了场，那些还在场的，还能杂耍多久，便都有了答案。

是深情，让深情者的作品普遍具有了某种神秘的宿命之感，这种神秘的宿命之感，也因之避开了纯粹用花活儿堆砌出来的空洞。这样的阅读感受，在阅读《等待呼吸》时，让我联系到了格非的近作《隐身衣》与《月落荒寺》。我并不想对不同作家的作品进行勾连，我想要说的是，好的作家，真的会有某种你无从说明的、共同的气息。

我完全相信，让钟求是站在小说的戏台上变魔术，他一定不会玩儿得比任何人差,然而,将一群人扔在时代的湖畔,钟求是必定将显得突出而特别,因为,相较戏台上变魔术者之众,钟求是即是那种少数能在他人中弹之后眼含热泪的人之一。在我看来,这才是一个优秀小说家最核心、最紧要的天赋与品质。

为此,钟求是不惜在《等待呼吸》的结局,让杜怡"将孩子生下来送给自己"。这是我们这个时代历经悲伤的女性对自己的犒劳,也是我们这个时代小说家钟求是对自己笔下生命的祝福。我之所以用了"不惜",恰恰是因为在那种被过度扭曲了的现代小说观念中,对于"生殖"的虢夺,都成了魔术师们廉价的道具。

昆德拉在重读《百年孤独》的时候,敏锐地捕捉到了此中玄机,他发现"这些伟大的小说里的主人公都没有小孩"——

拉伯雷《巨人传》的庞大固埃没有,巴奴日也没有后代。堂吉诃德也没有后代。《危险的关系》里的瓦尔蒙子爵没有,梅特伊侯爵夫人没有,贞洁的德·图尔韦院长夫人也没有。菲尔丁最著名的主人公汤姆·琼斯也没有。少年维特也没有。司汤达所有的主人公都没有小孩,巴尔扎克笔下的许多人物也是如此,陀思妥耶夫斯基的也是,刚刚过去的那个世纪,《追忆似水年华》的叙述者马塞尔也没有。当然,还有穆齐尔的所有伟大人物——乌尔里希、他的妹妹阿加特、瓦尔特和他的妻子克拉丽瑟和狄奥蒂玛;还有哈谢克的好兵帅克;还有卡夫卡笔下的主角们,唯一的例外是非常年轻的卡尔·罗斯曼,他让一个女佣怀了孩子,不过正是为了这件事,为了将这个孩子从他的生命中抹去,他逃到美国,才生出了《美国》这部小说。

昆德拉的确眼毒,也难怪连他最终也会成为后来者在戏台上遮挡无能的幕布,将"厌恶生殖"视为了现代小说炫目的徽章。但昆德拉仍然在《百年孤独》中,看到了小说的艺术似乎走出了这场梦,只不过,"注意力的中心不再是一个个体,而是一整列的个体",他将之视为"向小说的年代的一次告别"。

什么是小说的年代?从前,大地朴素,人类笨拙,我们在小说中繁衍生息;后来,我们开始在小说里大张旗鼓地丧失掉繁殖的能力;继而,作为一次小小的反动,我们在小说里生出一个个面目模糊、彼此混淆的后代。现在,钟求是在《等待呼吸》中,重新将那"一整列的个体"区别成一个个单独的人,并且,让这单独的人,再度行使生殖的权利。在我看来,这堪称重大,能算作"向小说那更为古老的年代的一次回归"。

如果说,不同时代的小说观念也如同一枚枚的流弹,总有少数的小说家,将会被遴选出来,被他所属的时代某些最为值得关切的流弹所击中,这,亦是他的幸运和不幸。钟求是只能迎向他所在时代的流弹,而拉伯雷和堂吉诃德,让他们光荣地在他们的时代去迎接属于他们的流弹。在他们的时代,他们天才一般地选择了"不生";而在钟求是的时代,它的弹道和力量,决定了"生",

重新成为宝贵的勇气。以自己的胸膛，去挡过去时代的枪眼，在很多时候，那不值得傲慢，不过是寡情与少智。

那么，什么才是钟求是的时代？在这部小说中，它是远东横亘万里的铁路，是能量惊人的地下组织，是人居然可以隐匿的身份与从未有过的行动空间，是自始至终萦回着的马克思与《资本论》，如果换一种眼光，你甚至还可以从中看出独属于它的某种"自由"。一切是如此的错综，一切又是如此的蓬勃，当钟求是这样的小说家将这种空前的经验替我们捕捉出来、并赋予其一枚流弹的轨迹时，我们将看到时代金属般的光泽，它悲怆，迷人，是如此的艰难又如此的值得一过。

这么说吧，我是在春节前阅读的《等待呼吸》，现在，当我重读一遍时，除了再度惊叹于它宏阔的时代概括力，"等待呼吸"这四个字，竟也已与昔日不像是同样的四个汉字了。这就是我们的时代，在我们时代的流弹"溅"射之下，至少，我如今需要在小说里重温人内在的坚定、明亮的惝恍、毫不迟暮的理想主义、神秘的宿命感、以深情达成的伤怀与宽慰，以及保有生殖勇气的女主人公。

2020 年 6 月 7 日

"小说家的散文"丛书

《佛像前的沉吟》　　　　二月河　著

《宽阔的台阶》　　　　　刘心武　著

《永远的阿赫玛托娃》　　叶兆言　著

《鸟与梦飞行》　　　　　墨　白　著

《和云的亲密接触》　　　南　丁　著

《我的后悔录》　　　　　陈希我　著

《打败时间的不只是苹果》　须一瓜　著

《山上的鱼》　　　　　　王祥夫　著

《书之书》　　　　　　　张抗抗　著

《我觉得自己更像个

　　　卑劣的小人》　　　韩石山　著

《未选择的路》　　　　　宁　肯　著

《颜值这回事》　　　　　裘山山　著

《纯真的担忧》　　　　　骆以军　著

《初夏手记》　　　　　　吕　新　著

《他就在那儿》　　　　　孙惠芬　著

《总有人会让你想起》　　肖复兴　著

《我们内心的尴尬》　　　东　西　著

《物质女人》　　　　　　邵　丽　著

《愿白鹿长驻此原》　　　陈忠实　著

《旅馆里发生了什么》　　王安忆　著

《拜访狼巢》　　　　　　方　方　著

《出入山河》　　　　　　　　李　锐　著

《青梅》　　　　　　　　　　蒋　韵　著

《写给北中原的情书》　　　　李佩甫　著

《星斗其文，赤子其人》　　　汪曾祺　著

《熟悉的陌生人》　　　　　　李　洱　著

《一唱三叹》　　　　　　　　葛水平　著

《泡沫集》　　　　　　　　　张　欣　著

《写给母亲》　　　　　　　　贾平凹　著

《无论那是盛宴还是残局》　　弋　舟　著

《已过万重山》　　　　　　　周瑄璞　著

（以出版时间先后排序）

## 图书在版编目（CIP）数据

无论那是盛宴还是残局／弋舟著. —郑州：河南文艺出版
社,2020.9
（小说家的散文）
ISBN 978-7-5559-0993-4

Ⅰ.①无…　Ⅱ.①弋…　Ⅲ.①散文集–中国–当代　Ⅳ.①
I267

中国版本图书馆 CIP 数据核字（2020）第 091947 号


选题策划　　陈　静
责任编辑　　陈　静
书籍设计　　刘婉君
责任校对　　梁　晓
责任印制　　陈少强

---

出版发行　　河南文艺出版社
本社地址　　郑州市郑东新区祥盛街 27 号 C 座 5 楼
邮政编码　　450018
承印单位　　河南瑞之光印刷股份有限公司
经销单位　　新华书店
开　　本　　787 毫米×1092 毫米　1/32
印　　张　　8.75
字　　数　　168 000
版　　次　　2020 年 9 月第 1 版
印　　次　　2020 年 9 月第 1 次印刷
定　　价　　38.00 元

---

印厂地址　　河南省武陟县产业集聚区东区（詹店镇）泰安路
邮政编码　　454950　　　电话　　0391-2527860